*... und dann gibt es die Menschen,
bei denen du das Gefühl hast,
sie nehmen deine Seele in den Arm.*

-Conny Nabers-

Hallo liebe Leseratte...

Mein Name ist Bianca Pferrer und ich bin zarte 38 Jahre jung.

Ich bin gebürtige Badnerin. Geboren 1980 in Karlsruhe, aufgewachsen in Karlsruhe, wohnhaft in Karlsruhe.

Mit 12 Jahren lernte ich meine große Liebe Markus kennen. Mit 18 Jahren lernten wir uns Lieben, und im Jahr 2000 kam unser Sohn Justin zur Welt.

Nur eine Halbe Seele ist mein fünftes Werk.

Weitere Bücher von mir, findet ihr unter dem Titel:

Hallo Alex...!!

Kalea und Keahi
Wiedergeboren im Zeitalter des Mondzirkel

Mr. Kaugummi

SandkastenFreunde
oder doch Liebe..??

Nur Eine halbe Seele

Biografische Information der Deutschen Nationalbibliothek:
Die Deutsche Nationalbibliothek verzeichnet diese Publikation
in der Deutschen Nationalbibliografie. Detaillierte
Bibliografische Daten sind im Internet über dnb.dnb.de
abrufbar.

TWENTYSIX- der Self-Publishing-Verlag
Eine Kooperation zwischen der Verlagsgruppe Random House
und BoD - Books on Demand

©2018 Bianca Pferrer

Herstellung und Verlag
BoD – Books on Demand, Norderstedt

ISBN: 9783740749958

Für Melanie

*Eines Tages wird dich jemand so fest umarmen,
dass all die zerbrochenen Teile von Dir,
wieder an ihren Platz finden..*

Kapitelauswahl

Prolog
Kapitel 1   Das Geheimnis
Kapitel 2   Das Haus
Kapitel 3   Sydney Australien
Kapitel 4   Hawaii
Kapitel 5   Die Blumen an ihrem Grab
Kapitel 6   Lucas finden ✓

Prolog

Meine Oma sagte mal zu mir,
„dein Schicksal wird am Tag deiner Geburt besiegelt. Am Tag deiner Geburt wird beschlossen welche Seele für dich bestimmt ist, welche Seele die Zweite Hälfte die deiner ist. Wenn du sie siehst, wirst du es merken."
Meine Mom sagte,
„jeder Topf findet seinen Deckel!"
Und ich sage,
„was ist wenn ich eine Auflaufform bin?"
Habt ihr schon mal versucht eine Auflaufform mit einem Deckel zu versehen?
Entweder er ist zu klein, zu groß oder nicht ganz dicht.
Wenn man diese Metapher auf meine Männerbekanntschaften schließt, geht es mir wie diese Versuche den passenden Deckel zu finden.
Entweder *ER* ist zu klein; zu groß; oder der Typ ist nicht ganz dicht.
Also umwickelt man die Form mit einer Frischhaltefolie und hofft es passt. So auch bei mir und Tom.
Er ist meine Folie seit Zweieinhalb Jahren, wir haben uns ergänzt und es passt ganz gut.
Doch seit ein paar Wochen habe ich das Gefühl, meine Folie ist ausgeleiert. Tom und ich streiten uns immer öfter und da denke ich zum ersten mal seit Zwei Jahren wieder an meine Zweite Hälfte. Frage mich ob es auch eine für mich gibt?
Oder wurde ich vergessen?

Ich bin Rosie,
Siebenundzwanzig Jahre und seit ich Zwölf bin,
auf der Suche nach meiner Zweiten Hälfte,
Meinem Seelenpartner

Kapitel 1
Das Geheimnis

Heute ist eine klare, laue Sommernacht, der Wind weht mir durch das Haar. Eine warme Sommerbrise. Ich sitze am Strand und schaue auf das Meer hinaus. Hinter mir ertönen leise die Klänge der Band aus der Hotelanlage. Ich schließe meine Augen und gebe mich der Musik hin, schwinge langsam im Takt. Genieße den Moment. Für einen Moment möchte ich nicht daran denken, für einen Moment möchte ich einfach nur die Musik genießen, für diesen Moment...
Ich öffne meine Augen und wische mir die Tränen aus dem Gesicht, mein Handy vibriert im Sand, es ist Tom.
Zum fünften Mal, zum fünften Mal versucht er mich heute anzurufen. Ich sollte ran gehen, doch was soll ich ihm sagen? Was soll ich ihm antworten wenn er mich fragt wo ich bin? Was soll ich antworten wenn er fragt warum ich abgehauen bin? Die Wahrheit würde ihn kränken, er würde sie nicht verstehen. Erneut drücke ich auf *Ablehnen* als es zum sechsten Mal vibriert. Ich frage mich wie es so weit gekommen ist? Was war passiert? Was trieb mich dazu? Was verleitete mich diesen Entschluss zu fassen? Ich sehe auf meine Hand und reibe über den Ring! Ja, damit fing alles an, damals vor vier Monaten...!

Die Sonne weckt mich, scheint zaghaft durch das Rollo. Das leise surren des Rasenmäher ertönt in meinen Ohren, der

Duft von frischem Kaffee liegt mir in der Nase. Leicht verschlafen hebe ich den Kopf und sehe zur Tür. Aus der Küche höre ich das brutzeln von Speck in der Pfanne.
Ich ziehe mir meinen Morgenmantel über und gehe den Flur entlang.
„Guten Morgen mein Schatz," werde ich von Tom empfangen. Er drückt mir ein Kuss auf den Mund und eine Tasse Kaffee in die Hand.
„Setz dich, das Frühstück ist gleich fertig."
Lächelnd rückt er mir den Stuhl zurecht. Ich wusste dass er mir heute Frühstück macht, das macht er immer nach einem Streit. Wenn ich ohne Worte ins Bett gegangen bin und so getan habe als würde ich schlafen, wenn er nach kommt und versucht sich zu entschuldigen.
Wieder hat er mein Lieblingsfrühstück gemacht, Pancakes in Herzform und gebratenen Speck. Süß und Salzig, ich liebe diese Kombination.. mittlerweile bekomme ich jede Woche mindestens ein Mal dieses Frühstück von Tom gemacht, dass ich heute keinen Appetit darauf habe. Ich trinke einen Schluck Kaffee und lehne mich im Stuhl zurück.
„Rosie ich.." fängt Tom an als er mich beobachtet, „es tut mir leid, Rosie.."
Ich nicke und esse einen Speckstreifen.
„Ich muss los, genieße dein Frühstück," sagt Tom und küsst mich auf die Stirn.
Seufzend laufe ich ins Bad und betrachte mich im Spiegel, *worüber hatten wir eigentlich gestritten?*
Die Dusche ist Heiß, das Wasser läuft mir über den Kopf, *so kann es nicht weiter gehen!!*
Ich nehme mir ein Handtuch und wickle es um meinen Körper. Beim Haare bürsten denke ich an die erste Begegnung mit Tom.

Endlich kann ich mir mal einen Urlaub leisten.
Also entschließe ich ihn in der Türkei zu verbringen.
Im Zimmer neben mir, eine Gruppe von Männern auf Junggesellenabschied.
Zumindest hörte ich sie das immer über den Balkon aus sagen.
Seit Zwei Tagen bin ich schon hier, seit Zwei Tagen höre ich jede Nacht meine Zimmernachbarn nach Hause kommen.
Lautstark singend..
Seit Zwei Tagen klopfe ich gegen die Zimmerwand und bitte um Ruhe..
Wieder ist es bereits kurz vor 2 Uhr Nachts, als sie nach Hause kommen, wieder werde ich wach, schimpfend brülle ich über den Balkon.. Stille, leises Gelächter..!
Am nächsten Morgen konnte ich sie schon wieder bei Zeiten im Flur hören, doch diesmal höre ich auch ein „SCHHHHT, nicht so laut. Sonst bekommen wir wieder schimpfe.."
Durch den Türspalt sehe ich die Gruppe in den Fahrstuhl steigen.
Langsam schleiche ich mich heraus und stehe ebenfalls vor dem Fahrstuhl als die Tür sich wieder öffnet. Erschrocken starre ich in die Gesichter der Männer die mich angrinsen.
„Madam," winkt mich einer von ihnen mit einer Handbewegung hinein. Wieder leises Gelächter hinter mir als sich die Tür schließt.
„Haben sie gut geschlafen, Miss?" lächelt mich der Typ neben mir an.
„Oh ja, bis ca. 2 Uhr!!" fauche ich zurück.
Stille, verlegene Blicke der Jungs. Die Tür des Fahrstuhls öffnet sich,
„heute Nacht bitte etwas rücksichtsvoller meine Herren!" verlasse ich ohne einen weiteren Blick auf die Jungs den Fahrstuhl und laufe Richtung Frühstücksraum.

Direkt nach dem Frühstück beschließe ich etwas am Pool zu schlafen, war doch die Nacht recht kurz..
Zu meinem Pech, wollte die Gruppe auch etwas am Pool chillen..
Gerade als ich eingeschlafen bin, wache ich erschrocken auf, etwas kaltes, nasses trifft mich am Rücken. Ich greife danach und schnaufe Laut auf. Ein völlig durchnässtes Shirt riss mich aus meinem Sonnenbad-Schlaf.
„Oh Oh," höre ich aus der Gruppe.
„WER WAR DAS??" brülle ich in ihre Richtung.
Wütend schmeiße ich das Shirt auf den Boden.
„Ich Miss, entschuldigen sie bitte.."
höre ich eine Stimme hinter mir.
Als ich mich umdrehe, steht ein ziemlich muskulöser, braungebrannter Typ vor mir und lächelt mich an.
„Ich wollte eigentlich meine Schwester treffen!"
„Tschuldigung," winkt mir ein Mädchen zu.
Er bückt sich um das Shirt aufzuheben.
„Ich, Äh, Ich dachte das waren die.." stottere ich ihn an und zeige auf die Gruppe.
Erneut lächelt er mich an und ist auf dem Weg zu seiner Schwester.
„Ich bin übrigens Rosie," rufe ich ihm hinter her.
Auf halben Weg dreht er sich um,
„Angenehm Rosie! Genieße dein Sonnenbad noch.."
lächelt er und geht weiter.
Peinlich berührt sehe ich zur Gruppe die im Pool liegen und mich beobachten.
Ich kann ihr leises Gelächter über diese peinliche Situation regelrecht in meinem Kopf hören..
Ich strecke ihnen die Zunge heraus und lege mich wieder zurück..

„Angenehm Rosie.." lachen sie mich aus.
Mit knallroten Kopf packe ich meine Tasche und verlasse den Pool.
An der Strandbar angekommen lasse ich mich wütend auf einen Stuhl fallen und schreie kurz auf..
Nach Zwei Cappuccino und einem Apfelkuchen, bin ich gerade wieder am gehen, als
„warte Rosie."
Ich drehe mich um und sehe wie einer der Jungs aus der Gruppe auf mich zu rennt.
Schnaufe laut auf und verdrehe die Augen.
„Ich habe dich überall gesucht," stellt er sich vor mich.
„Ach ja, warum?"
„Naja, ich wollte mich entschuldigen, es war nicht sehr Nett von uns..!" sieht er mich verlegen an.
„Ja das war es nicht!" verschränke ich meine Arme.
„Nimmst du meine Entschuldigung an?"
Er sieht mir dabei tief in die Augen und hält sich an meinen Ellenbogen fest.
„Seit einfach etwas rücksichtsvoller," nicke ich ihm zu und laufe an ihm vorbei.
Da die Jungs wohl den ganzen Tag irgendwo unterwegs zu sein scheinen, entschließe ich einfach auf meinem Zimmer auf dem Balkon zu sitzen und dort etwas Ruhe zu genießen. Ich hole mir ein paar Flaschen Wasser und mache es mir bequem..
Kaum Zehn Minuten später höre ich wieder die nervigen Nachbarn auf ihrem Balkon.
Es ist zum Mäuse melken, denke ich, was für ein Alptraum...
„Jetzt komm schon, du hast dich doch entschuldigt."
Aha, die reden über die Sache am Pool.
„Ja aber ich denke sie ist ziemlich sauer.."
Ja genau das bin ich..

„Soll sie doch, kann dir doch egal sein!!"
War ja klar, verdrehe ich die Augen.
„Ist es mir aber nicht!!"
„Wieso? Wenn wir abreisen siehst sie nie wieder, und die Sache ist Geschichte.."
Ich öffne eine Flasche Wasser und lausche weiter.
„Moment, genau dass ist dein Problem, hab ich recht?"
Hä? ich höre aufmerksam zu, doch es ist gerade Stille..
„Das darf jetzt nicht Wahr sein!!" geht es weiter,
„Jungs das glaubt ihr mir jetzt nicht."
Die Stimme wird leiser, er scheint hinein ins Zimmer gegangen zu sein.
Mist, ich kann nichts mehr hören..
Langsam gehe ich näher an die Balkonwand zum Nachbarzimmer. Das Zischen einer geöffneten Flasche erreicht mich. Erschrocken weiche ich zurück, als ein Schatten an das Geländer fällt. Gelächter ertönt aus seinem Zimmer. Angestrengt versuche ich mich zu erinnern, welcher doch nochmal derjenige war, der sich bei mir entschuldigt hatte. Lachend betritt einer seiner Kumpels seinen Balkon.
„Jetzt komm schon, wir gehen zur Strandparty.. Vielleicht ist deine Rosie ja auch dort."
Deine Rosie? denke ich.
„Ihr werdet mich jetzt den ganzen Abend damit aufziehen, nicht wahr?"
„Und den nächsten und den danach und den..!"
höre ich sie lachen.
Ich renne zu meiner Tür und linse durch den Spion.
Was genau sollte das? Was meinte er mit genau das ist dein Problem? Heißt das etwa er? Verdammt Rosie, reise dich zusammen! befehle ich mir selbst.
Ich denke ich sollte heute Abend auf eine Strandparty gehen!

Das weiße, knöchellange Leinenkleid leuchtet im Mondlicht, mein Fußkettchen funkelt dazu. Ich ziehe mir meine Sandalen aus und laufe Barfuß durch den Sand. Die Strandbar ist hell erleuchtet, Musik ertönt aus den Boxen. Ich hole mir ein Cocktail und gehe den Strand entlang. Menschen tanzen zu den Klängen der Musik im Sand, einige amüsieren sich im Meer und nehmen ein spätes Bad. Etwas weiter hinten erkenne ich ein Lagerfeuer um das sich eine Menschenmenge gebildet hat. Einheimische führen eine Feuershow auf. Die Meute applaudiert. Ich geselle mich dazu. Schräg daneben findet ein Limbowettbewerb statt.
Von der Gruppe meiner Nachbarn bisher noch keine Spur. Der Strand ist groß, denke ich, du wirst sie sicher nicht finden. Genüsslich schlürfe ich meinen Cocktail als mich ein Ball an der Schulter trifft und ihn über mein Kleid kippt.
„Großartig," fluche ich und versuche den Schaden zu begrenzen als,
„ähm, sorry ich, ähm ich habe dich nicht gesehen,"
hinter mir gestottert wird.
„Ja, ich trage auch nur ein weises Kleid das im Licht leuchtet, mich übersieht man in der Dunkelheit, mein Fehler,"
drehe ich mich wütend um.
„Na das war ja klar...!" schaue ich der Gruppe meiner Nachbarn entgegen.
„Hey Rosie, warum bist du eigentlich so..?" werde ich gefragt.
„So was?" fauche ich zurück.
„So verklemmt!"
„So Was?!"
Ich reise meine Augen weit auf, verklemmt soll ich sein?
„Du regst dich über alles auf, anstatt hier ein bisschen Spaß zu haben!"
Meine Augen werden noch größer.. Ich weiß echt nicht was ich

darauf antworten soll.
Hat er etwa recht? Ja sicherlich, schließlich bin ich hier her zur Strandparty gekommen weil ich die Jungs treffen wollte, und jetzt fauche ich sie schon wieder an.
Ein zuckersüßes Lächeln breitet sich auf meinem Gesicht aus, so zuckersüß, dass die Jungs jetzt mit großen Augen vor mir stehen.
„Ich gehe mich jetzt umziehen, und wenn ich wieder komme," flüstere ich leise in die Runde, immer noch stehen sie mit großen Augen vor mir.
„Dann schuldet ihr mir einen Cocktail," tippe ich auf den Ballattentäter.
„Und wehe ihr versteckt euch," zeige ich auf den Rest.
Ohne weiteren Worte gehe ich Richtung Hotelanlage.
Leise kann ich sie lachen hören, als ich die Lobby betrete.
Verklemmt? Denke ich, als ich mein Koffer durchwühle, ich bin nicht verklemmt..!
Ich entscheide mich für eine sehr kurze Jeanshose und ein schwarzes rückenfreies Top. Dazu Römersandalen die kurz vor den Knie enden. Binde mir meine Haare nach oben, damit mein Rücken besser zur Geltung kommt und lege etwas Rouge auf, tusche meine Wimpern und zum Schluss etwas Glossy auf die Lippen..
Verklemmt?! Ich zeige euch wie verklemmt ich bin..!
Nervös laufe ich Richtung Party. Wehe sie sind nicht mehr da, spuckt es in meinem Kopf, dann lernst du deine Rosie mal richtig kennen, muss ich lachen.
Sie waren noch da. Winken mir hastig zu als ich meinen Blick schweifen lasse.
„Wow Rosie, du hast dich für uns Hübsch gemacht!"
werde ich empfangen.
Lächelnd nehme ich meinen Cocktail entgegen den mir einer

der Jungs entgegen streckt.
"So und mit wem habe ich das Vergnügen?" trinke ich einen Schluck.
Sie stellen sich der Reihe nach vor, da waren Mark, der zukünftige Ehemann, Jonas das Nesthäkchen, Mark's Bruder Karsten und Tom.
"Angenehm, Rosie" gebe ich jedem die Hand.
Zu meiner Überraschung wurde es ein schöner Abend.
Sie erzählten mir von Stefanie, der zukünftigen Braut, dass sich alle schon seit der Schulzeit kennen und auch als Arbeitskollegen zusammen die gleiche Firma aufmischen.
Wir fanden heraus, dass unsere Wohnorte nur 50 Km von einander entfernt liegen, was Tom am meisten zu freuen schien.
Die nächste Woche verging wie im Flug, ich verbrachte meine Tage mit den Jungs und wir hatten viel Spaß, vor allem von Tom war ich sehr angetan, was mir meine morgige Abreise sehr erschwerte. Unser letztes gemeinsames Abendessen stand bevor und ich warte auf dem Flur bis die Jungs endlich fertig sind.
"Hallo Rosie," öffnet Mark die Tür,
"ähm geh doch schon mal runter, Tom ist schon unten!"
Als ich unten ankomme, werde ich schon von Tom empfangen. In seiner Hand hält er einen Korb und eine Decke.
"Was wird das?" lächle ich ihn an.
"Picknick am Strand!" strahlt er mich an, nimmt meine Hand und führt mich nach draußen.
Der Mond scheint hell und spiegelt sich im Meer.
"Ich habe uns etwas von Büfett einpacken lassen," richtet Tom die Decke.
"Etwas Obst, etwas Pita Brot, ein Schälchen Humus, süßes Gebäck," drapiert er alles auf der Decke.
"Setz dich!"

Ich gebe zu ich bin beeindruckt, diese Idee unseres letzten Abendessen ist genau nach meinem Geschmack.
„Rosie, ich würde dich gerne wiedersehen.."
fängt Tom nach einer Weile ein Gespräch an.
„Ich reise doch morgen ab.."
„Ja ich weiß, ich meine ja auch wenn wir wieder zu Hause sind!"
Verlegen sieht er mich an,
„ich mag dich Rosie!"
Lächelnd nehme ich eine Traube und stecke sie mir in den Mund.
„Ich weiß wenn ich wieder zu Hause bin, werde ich verrückt, weil ich dich nicht vergessen kann," fährt Tom fort.
Kurze Pause, ich sehe ihm in die Augen.
„Ich dachte dir geht es vielleicht ähnlich?!"
Wieder lächle ich nur und esse erneut eine Traube.
Verlegen greift Tom ebenfalls nach einer Traube.
Ich beuge mich zu ihm hinüber und gebe ihm einen Kuss.
Es war ein toller Kuss, doch den Kuss den Tom mir erwiderte, ließ mich erbeben. Da wurde mir klar, ich habe mich verliebt, und auch ich will ihn wieder sehen...!

Das Telefon reißt mich aus meinen Gedanken. Seufzend sehe ich auf mein Handy, es war Gwen eine Freundin die ich schon seit der Schulzeit kenne.
„Hallo Mausi, hast du auch den Brief erhalten?"
legt sie gleich los.
„Nein, welcher Brief?" frage ich neugierig.
„Von der Schule!!"
„Von der Schule??" quietsche ich zurück.
Ich hatte zuletzt mit 17 einen Brief der Schule erhalten.
Es war mein erster und einziger Brief, der Hausmeister

erwischte mich mit einem Jungen knutschend in der Abstellkammer, was uns ein Besuch beim Rektor einbrachte und einen Brief an die Eltern. Ich kann noch genau das Gesicht meiner Mutter vor mir sehen, als sie ihn las..!
Peinlich berührt versuchte sie mir die Geschichte von den Bienen und den Blumen zu erklären.
„Ich war noch nicht am Briefkasten, was will die Schule denn?" wollte ich schließlich wissen, während ich mich anzog.
„Klassentreffen!!" betont Gwen.
Ich muss auflachen,
„ernsthaft?! Die lassen uns freiwillig wieder hinein?"
„Scheint so! Gehen wir hin?"
Ich schweige und betrachte mich im Spiegel.
„Hallo? Rosie? Bist du noch da?"
„Meinst du er kommt auch?" frage ich leise.
„HmmH, keine Ahnung. Lass uns hingehen, Rosie.. Bitte?!"
„Wann ist es denn?"
„Samstag in zwei Wochen, Biiittee Rosie?!"
„Samstag in zwei Wochen?! Kann ich nicht," antworte ich energisch,
„da haben Tom und ich Jahrestag!!"
„Uff, ernsthaft! Es ist Klassentreffen!! könnt ihr nicht Sonntag feiern gehen?"
„Ich frage Tom und sage dir dann bescheid."
Ich lege auf und schaue nervös in den Briefkasten.
Tatsächlich, ich hatte ebenfalls eine Einladung erhalten.

*Sehr geehrte Ehemaligen der Lincoln Highscool,
hiermit möchte ich euch herzlich
zu unserem 1. Klassentreffen
einladen.*

Als Datum haben wir uns den
10.06.
*herausgesucht.
Es findet in der Lincoln High Turnhalle statt.
Ab* **20 Uhr**
*rocken wir gemeinsam auf alte Zeiten..!
Es wäre schön dich zu sehen..
Es grüßt herzlich*

Betty Miller

Seufzend hänge ich die Einladung an die Pinnwand. Ich würde schon gerne hin gehen. Würde gerne alle wieder sehen, mein Freundeskreis auf der Highscool war groß, leider bin ich nur mit Gwen in Kontakt geblieben. Frage mich wie es den anderen denn so ergangen ist. Ich habe mal irgendwo gehört dass Becky, eine unserer damaligen Freundinnen gleich nach dem Abschluss vom College geheiratet haben soll?! Ob sie immer noch verheiratet ist? Sicher hat sie inzwischen schon Kinder in die Welt gesetzt.
Mein Frühstück ist inzwischen kalt. Lustlos kaue ich auf einem Pancake herum.
Jenny, eine andere Freundin, habe ich erst zufällig in der Stadt getroffen, sie erzählte mir von ihrem tollen Job und ihrer Affäre mit ihrem Boss. Ob seine Frau das mittlerweile heraus bekommen hatte?
Sie erzählte mir auch von Mila, die einen Job im Ausland angenommen hat, nachdem sie ihr Studium beendet hatte..!
Ob sie wohl glücklich in einem fremden Land ist?!
Ich sehe auf die Uhr, sollte langsam los zur Arbeit.
Und was war mit Amanda und Clara? Die beiden letzten aus unserer Clique?
Beim verlassen der Wohnung erhasche ich noch einen Blick auf die Einladung.
Und wie ist es Lucas ergangen in den letzten Jahren?
Keiner weiß was er nach dem Abschluss gemacht hat. Ob Betty ihn überhaupt einladen konnte? Hat sie seine Adresse herausbekommen?
Ich sollte mit Betty Kontakt aufnehmen..!

Als ich am Abend die Tür aufschließe, erwartet mich Tom mit einem tollen Abendessen bei Kerzenschein. Es ist schon komisch wie viel mühe er sich nach einem Streit gibt, auch der

Sex ist dann immer besonders großartig. Heute kann ich nicht schlafen, beschäftigt mich die Einladung zum Klassentreffen doch mehr als ich dachte. Vielmehr der Gedanke an IHN lässt mich nicht schlafen. Ich stehe auf und koche mir einen Tee, während das heiße Wasser in der Tasse dampft und der Teebeutel darin zieht, sehe ich zur Pinnwand an dem die Einladung hängt.
<u>BettyMiller@lincolnhigh.com</u>
erkenne ich an unteren Rand als Kontaktmail stehen.
Ich beschließe sie zumindest wissen zu lassen, dass mich die Einladung erreicht hat.

Hallo Betty
Ich habe heute deine Einladung erhalten.
Habe mich auch darüber gefreut, durch meinen engen Terminplan versuche ich den Termin dazwischen zu schieben wobei ich nichts versprechen kann ;)
Dennoch ist meine Neugierde groß.. hast du es wirklich geschafft, alle einzuladen? Oder gibt es den ein oder anderen den du nicht finden konntest? Wer hat denn schon alles zu gesagt?
Liebe Grüße

ROSIE

Ich lehne mich am Stuhl zurück und tippe auf *Senden*.
Mein Herz pocht, Betty ist nicht blöd, so wird sie sicher gleich wissen, wen ich genau mit meinen Fragen gemeint habe.
Die Uhr zeigt *2:06* Uhr.
Immer noch starre ich auf den Bildschirm als würde ich auf eine Antwort warten.
Leise schleiche ich mich zurück ins Bett.

Durch einen lauten Knall werde ich aus meinem Schlaf
gerissen. Erschrocken renne ich in die Küche.
„Tom? Alles Ok?"
„Entschuldige bitte.." kneift er die Augen zusammen,
„mir ist eine Pfanne aus dem Schrank gefallen! Leg dich
wieder schlafen..!"
Ich sehe auf die Uhr, *7:45*
hole mir eine Tasse Kaffee und setze mich an den Tisch.
„Jetzt bin ich wach, danke!"
„Tut mir Leid.." flüstert Tom verlegen.
„Ja Ja."
„Du hast übrigens eine E-Mail erhalten."
Nervös sehe ich auf meinen Laptop, er steht immer noch mit
geöffnetem E-Mail Programm auf dem Tresen.
„Drei um genau zu sein, eine Betty sowieso, konntest du heute
Nacht nicht schlafen?"
„Wie kommst du darauf?" quietsche ich verlegen.
Tom tritt ganz nahe an mich heran und legt seinen Kopf auf
meine Stirn,
„als wir ins Bett gegangen sind, stand der Laptop noch nicht
hier..!"
Er gibt mir einen Kuss und muss auch gleich los.
Ich fühle mich wie ein Teenager der eine Freundin los
geschickt hat etwas über einen Jungen heraus zu finden und
jetzt eine Antwort erwartet.
Nervös sehe ich meine E-Mail's an.
Tatsächlich, *sie haben 3 ungelesene Nachrichten*
blinkt es mir entgegen.
Die erste kam schon um *3:20 Uhr,* scheinbar kann Betty auch
nicht durchschlafen.

Hallo Rosie,
das ist aber toll das du dich meldest..
das Treffen ist längst überfällig.
Ich habe zu meiner Überraschung alle erreicht.
Wer zu gesagt hat kann ich dir jetzt nicht sagen, aber ich schau später mal nach.
Hoffst du auf jemandem bestimmtes? ;)
LG
Betty

Mein Herz rast, sie hat alle erreicht ?!?
Zittrig öffne ich die zweite Mail die sie um *5:00* abschickte.

Hallo ich wieder ;)
Diese langen Nächte ohne Schlaf machen mich noch fertig.
Bisher habe ich 4 Rückkarten erhalten.
Also noch nicht sehr viel :(
Hoffe es werden noch ein paar mehr, sind ja noch Zwei Wochen bis dato...
LG
Betty

Ok, das beantwortet meine Frage warum sie mir mitten in der Nacht geantwortet hat, aber nicht das was mich brennend interessiert..
Die letzte erreichte mich kurz bevor mich Tom aus dem Schlaf riss.

Hey Rosie,
schau mal was ich gefunden habe.
Kannst du die noch erinnern wann das Foto aufgenommen wurde?
Oh Mann das war ein Sommer, nicht wahr?
Das Baby ist endlich eingeschlafen, ich werde auch versuchen etwas zu schlafen. Mach´s Gut
LG
Betty

So, Betty ist also Frischgebackene Mutter.. das erklärt ihre schlaflosen Nächte.
Anbei hat sie ein Foto angehängt.
Oh je, denke ich, bevor ich es öffne..
Die Datei ist groß, ladet langsam, als plötzlich..
Oh mein Gott
mein Herz stehen blieb. Gebannt starre ich auf den Bildschirm, streiche über sein Gesicht. Ich erinnere mich an den Tag.
Seine blauen Augen fixieren mich, sein Lächeln strahlt mich an, seine Haut braun gebrannt, seine blonden Haare leuchten in der Sonne. Ich sitze vor ihm im Sand, schaue zu ihm nach oben. Es war an einem Sonntag, wir trafen uns alle am See.
Lucas!! flüstere ich.
Abrupt klappe ich den Laptop zu und atme tief ein.
Nein Rosie, reise dich zusammen..
Ich muss Gwen anrufen.

„Ein Grund mehr hin zu gehen," kichert sie nachdem ich ihr die Email´s vorgelesen hatte.
„Nein ein Grund mehr nicht hin zu gehen, ich werde den Tag mit Tom verbringen."
„Gut, wie du meinst, ich habe soeben meine Rückkarte ausgefüllt, ICH geh hin."
Gwen schien etwas beleidigt zu sein.
„Mach ein paar Foto´s von allen für mich, ja?"
„Du meinst von Lucas.." lacht sie ins Handy,
„keine Sorge, sollte er kommen werde ich mich persönlich um ihn kümmern."
„HmmmH," atme ich schwer,
„sicher doch."
„Ach Rosie, zu meinem Pech ist er bestimmt aufgegangen wie ein Ballon und trägt Glatze," lacht sie erneut.

„Eine Glatze?? mit Siebenundzwanzig?" frage ich entsetzt.
„Wer weiß! Schlechte Gene! Oder er ist glücklich verheiratet..!"
Ja er wird verheiratet sein... denke ich.
„Ich wünsche dir jedenfalls viel Spaß, Gwen."
„Jubb den werde ich haben."
Ihre Stimme klingt Hoch, als wolle sie mir ein schlechtes Gewissen einreden.
Die nächsten beiden Wochen versuche ich nicht mehr an das Treffen zu denken, konzentriere mich wieder auf meine Arbeit und versuche nicht mit Tom zu streiten. Unser Jahrestag steht bevor. Ich habe eine Reservierung in unserem Lieblingsrestaurant veranlasst. Will Tom mit einem tollen Essen und anschließend Picknick im Park überraschen.
Ich habe alles arrangiert, heute ist Freitag, freue mich sogar ein bisschen auf den morgigen Tag. Lächelnd und gut gelaunt sitze ich am Esstisch und warte bis Tom nach Hause kommt.
„Hallo Rosie, hast du auf mich gewartet? Hättest du nicht tun müssen, ich muss doch noch packen.."
„Packen??"
Mein Lächeln erlischt..
„Ja mein Zug geht morgen ziemlich früh."
„Dein Zug??"
Tom sieht mich ungläubig an.
„Hast du es vergessen? Ich muss zu einem Seminar..! ich habe es dir vor zwei Wochen schon gesagt."
„Ah," überlege ich wann er das getan haben soll,
„nein, ich kann mich nicht erinnern!"
„Ja, du kannst dich an einiges nicht erinnern dass ich dir zu der Zeit gesagt habe.." sieht er mich mitleidig an,
„ich habe den Termin auch an die Pinnwand gehängt."
Die Pinnwand?! Ich meide die Pinnwand seit zwei Wochen..

Mein Blick sieht zur Pinnwand, und ich erkenne ein Schreiben neben meiner Einladung..
„Oh, hab ich wohl übersehen!"
Tom nickt und läuft zum Schlafzimmer, seufzend folge ich ihm.
„Du weißt schon was morgen für ein Tag ist?" frage ich und setze mich auf´s Bett.
„Ja Rosie, das weiß ich.. aber die Teilnahme ist Pflicht."
„Ich habe für uns einen Tisch reserviert," sage ich und ziehe eine Schute.
Tom hört auf zu packen und sieht mich fragend an.
„Das solltest du doch nicht, ich hab dir doch gesagt wir gehen einfach eine Woche später feiern.."
Überrascht sehe ich ihn an.
„Also war ich wach als du das gesagt hast?"
Lächelnd faltet er ein Shirt in den Koffer,
„Naja, wach ja. Aber auf der Erde nein.. ich hatte das Gefühl du bist meilenweit weg. Ich hab dich gefragt ob das für dich ok ist. Du sagtest ja mach ruhig."
Ich ziehe meine Brauen nach Oben,
„Das war der Abend als du ohne Vorankündigung? Sex auf der Couch?" versucht er meine Erinnerung aufzufrischen.
„Oh ja, Oh, OooH, genau. Ich erinnere mich..!" lächle ich zuckersüß.
Ich erinnere mich tatsächlich, nicht an sein Gespräch, aber an den Sex. Es war der Tag nach meinen E-Mail´s mit Betty. Der Abend nach dem ich das Foto von Lucas bekommen hatte. Ich war wirklich meilenweit weg, mit meinen Gedanken.
„Du kannst doch mit Gwen essen gehen?!"
„Sicher," sage ich und helfe ihm weiter zu packen.

Am nächsten Morgen wache ich auf, die Wohnung ist still,

kein Kaffee der mir in die Nase steigt, kein gebackener Toastgeruch der aus der Küche kommt, keine Dusche die läuft, einfach nur Stille. Seit ich mit Tom zusammengezogen bin, hatte ich kein Samstag mehr, an dem wir nicht zusammen frühstückten. Langsam laufe ich den Flur entlang und streife dabei mit den Fingern an der Wand. Auf dem Küchentresen liegt eine Rose und ein kleines Schächtelchen. Daneben ein Zettel.

Guten Morgen mein Engel,
schönen Jahrestag!!
Genieße dein Wochenende,
wir sehen uns Montagabend wieder.

Tom

Ich rieche an der Rose und stelle sie ins Wasser.
Öffne die Schachtel, eine Kette mit einem herzförmigen Anhänger schaut mir entgegen. Lächelnd hänge ich ihn mir um den Hals.
Beim Frühstück zubereiten überlege ich, wie ich mein freies Wochenende sinnvoll nutzen könnte.
Nein Rosie, kein Klassentreffen!!
sage ich zu mir selbst. Nachdem ich vier Stunden lang die Wohnung umgeräumt habe und nun die Couch an ihrem neuen Platz begutachte, muss ich feststellen, es gefiel mir vorher besser. Seufzend lasse ich mich hinein fallen und starre an die

Decke. Sollte ich doch zum Treffen gehen?
Ich fahre meinen Laptop hoch und öffne die Fotodatei.
Das Bild dass Betty mir schickte, blinkt mir entgegen.
Wieder fixieren mich seine Augen, ich zoome sie heran, näher, näher, noch näher, der ganze Bildschirm wird von seinen Augen ausgefüllt. Ein Kribbeln überkommt mich..
Ich war immer fasziniert von seinen Augen, sie hatten etwas Mystisches an sich. Anziehend, undurchschaubar.
So tief Blau und geheimnisvoll wie der Ozean.
Nur ein Blick in seine Augen und ich hatte das Gefühl ich blicke in seine Seele.
Gänsehaut überkommt mich, das Atmen fällt mir schwer, ich zittere..
Sogar über ein Foto ziehen mich seine Augen in ihren Bann, dass ich nicht mitbekommen habe wie Gwen die Tür zur Wohnung aufschloss.
„Oh du hast umgeräumt, nett," lässt sie sich neben mich fallen.
Erschrocken starre ich sie an.
„Ersatzschlüssel?!"
hält sie mir einen Schlüsselbund unter die Nase,
„was machst du?"
„Ich äh, gar nichts..!" klappe ich schnell den Laptop zu,
„was machst du hier??"
„Ich dachte du und Tom seit schick Essen, ich brauche deine silberne Handtasche, und da wollte ich..."
beugt sie sich über den Laptop,
„..sie schnell holen," und öffnet ihn wieder.
Mit knallrotem Kopf starre ich sie an.
„Aha," zoomt Gwen wieder zurück,
„Sexy und braungebrannt!" lacht sie dabei.
„Ich hole dir die Tasche," stehe ich verlegen auf.
„Warum hast du es ihm eigentlich nie gesagt?" folgt sie mir.

„Wem hab ich was nie gesagt?" überreiche ich ihr die Tasche.
„Lucas! Warum hast du es ihm nie gesagt?"
„Ich weiß nicht was du meinst? Hast du Durst?" versuche ich abzulenken.
Gwen lächelt mich nur an, geht nicht näher darauf ein.
Das liebe ich so an ihr, sie weiß immer wenn mir etwas unangenehm ist und bohrt daher nicht weiter.
„Wo ist Tom?"
„Auf Seminar..!"
„Wann kommt er wieder, es ist gleich 18 Uhr?!"
„Montag Abend."
„Montag???"
Seufzend lasse ich mich wieder auf die Couch fallen.
„Heißt das du hast für heute Abend keine Pläne?"
Ich schweige, weiß ich doch genau worauf sie hinaus will.
„Willst du lieber das süße Schwarze oder doch das mit den Blumen?" ruft sie mir aus dem Schlafzimmer entgegen.
Schnell renne ich zu ihr.
„Was machst du da?"
Sie hält mir zwei meiner Kleider entgegen.
„Ich suche dir ein Outfit für später aus."
Drapiert beide auf dem Bett und begutachtet auch schon meine Schuhe. Nachdem sie auch noch die passenden Accessoires dazu gelegt hat, steht sie lächelnd vor mir,
„na? Welches?"
„Keines!" seufze ich.
„Och Rosie, bitte!"
Augen rollend gehe ich zum Schrank und hole ein von mir bereits gerichtetes Outfit hervor. Halte es ihr unter die Nase. Ein Knielanger zart rosafarbener Rock, eine weiße Bluse mit Fledermausärmel und Riemchenpumps mit Keilabsatz.
„Ich brauche eine halbe Stunde..!"

Nervös stehe ich vor der Lincoln High und beobachte meine Ehemaligen.
„Ganz schön voll da drin," ruft Gwen mir entgegen und streckt mir meine Namenskarte entgegen.
„Wir sollen die tragen, falls wir uns so verändert haben, dass uns keiner mehr erkennt."
Langsam gehe ich auch hinein,
WoW denke ich, *die Zeit ist stehen geblieben...*
Die Turnhalle wurde wie damals zum Abschlussball dekoriert. Silber-weise Ballons an der Decke, weise Lilien auf den Tischen, silberne Girlanden wo man hin sieht.
„Sind schon fast alle da!" streckt mir Gwen ein Glas Punsch entgegen.
Nervös sehe ich sie an.
„Nein Süße, leider nicht!" muss Gwen mich enttäuschen.
Hätte mich auch gewundert.
„Er kommt sicher noch, seine Namenskarte liegt noch draußen."
Auf dem Weg zur Toilette musste man an der Anmeldung vorbei, daher konnte ich immer ein Blick auf die Karten erhaschen.
Alle Zehn Minuten hatte ich das Bedürfnis auf Toilette zu gehen.
Ich stehe vor dem Tisch der Karten und starre darauf, es liegen noch zwei Karten,

Billy Anderson und
Lucas Brady .

„Billy kommt nicht, habe ich gerade erfahren, er wurde verhaftet," höre ich eine Stimme hinter mir,
„sitzt in Untersuchungshaft!"

Ich drehe mich erschrocken um,
„hallo Betty!"
Lächelnd nimmt sie Billy´s Namensschild und legt es weg.
„Ich glaube auch nicht das Lucas kommt, wenn ich ehrlich bin," streckt sie mir sein Schild entgegen.
Zaghaft nehme ich es.
„Er hat sich nicht gemeldet."
Ich weiß nicht ob ich erleichtert oder enttäuscht sein soll.
Auf jedenfall bin ich nicht mehr so verkrampft, und fange an den Abend zu genießen. Es ist als wäre ich wieder siebzehn, in mitten meiner Freundinnen, sie sind alle da.
Rebecca Brown, von uns nur Becky genannt, Geschieden, zweifache Mutter von Jungs.
Jennifer Gunther, bevorzugt lieber Jenny genannt zu werden, mittlerweile von der Geliebten zur Ehefrau aufgestiegen.
Mila Frey, die Karrierefrau, mit leitender Position im Ausland.
Amanda Shuster und Clara Classen, von uns meistens C.C. genannt, haben zusammen ein Hundesalon eröffnet.
„Hey nicht lachen, er läuft richtig gut," verteidigt sich C.C. nachdem wir alle losprusteten als sie uns davon erzählten.
Ach und da ist natürlich Gwendolyn Myra Fuller, meine beste Freundin seit der Juniorhigh. Altenpflege in privatem Haushalt.
Und ich, Rosalyn Jensen, von allen nur Rosie genannt, die Spirituelle von uns.
„Die Spinnerin, die an Geister, Seelenwanderung, Farben der Aura, und an so Zeug glaubt!" wurde ich in der Schule immer gehänselt. Aber es war mir egal, ich glaube nun mal an Seelenverwandtschaft, und die einzig wahre Liebe, dein Seelenpartner. Ihn zu finden, dass ist nicht so leicht! Daran zu glauben, das ist einfach.
Natürlich hatten wir noch mehr Freunde,
Betty Miller, Cheerleader, vorsitzende des

Abschlussballkomitee und die Seelentrösterin von uns allen..
hatten wir ein Problem, sei es mit Jungs, den Eltern oder den
Lehrern, Betty war immer für uns da.
Sarah Lancaster, die beliebteste der Schule, sie war damals
schon Hübsch, von den Jungs geliebt, von den Mädchen
beneidet, Abschlussballkönigin, heute Model..
„Paris, Mailand, Rom.. Jetlag vorprogrammiert!"
erzählt sie uns Stolz.
Amy Fowler, unser Techniknerd, Lieblingsfach Mathe,
vorsitzende im Computerclub, mehrere Pokale vom
Buchstabierwettbewerb. Wir waren immer Stolz auf sie.
Heute arbeitet sie als Programmieringenieurin einer
renommierten Technikfirma.
Wir hatten auch einige männliche Freunde.
John Smith, der Klassenclown, heute führt er seine eigene
Baufirma.
Sam Bauer, Quarterback, Abschlussballkönig, heute arbeitet er
in der KFZ Werkstatt seines Vaters.
Tyler, Kevin, Justin, alles Durchschnittstypen, mit heute
Durchschnittsjob´s.
Und Lucas..
Lucas Brady, das Pflegekind. Verlor seine Eltern als er Drei
war. Er war immer etwas zurückhaltender wie die anderen.
Vielleicht war ich deshalb so fasziniert von ihm. Er war auf
seine Art geheimnisvoll, verschlossen, still. Er sprach nie
wirklich viel, doch wenn er etwas sagte, dann hatte es
Tiefgang.
Er ist der einzige von uns, der heute nicht anwesend war.
Er und Billy. Aber wie schon erwähnt wissen wir ja warum
Billy nicht kommen konnte, was mich nicht besonders
überraschte, Billy zog Schwierigkeiten magisch an. Schon
damals, war etwas nicht korrekt oder illegal, hatte Billy

garantiert seine Finger mit im Spiel. Also wunderte es mich kaum, Billy heute in U-Haft vorzufinden.
Ich bin völlig in Gedanken vertieft, als plötzlich jemand auf das Mikro klopft.
Tock Tock Tock
„Hallo, hallo, hier bin ich, hört mal kurz zu,"
ertönt es von der Bühne. Betty steht freudestrahlend, mit dem Mikro in der Hand neben Ben, auch ein ehemaliger, der eine Kiste auf den Boden stellte.
„Erstmal, schön dass ihr alle gekommen seit, ich hoffe ihr habt Spaß. Ihr erinnert euch noch an Ben?"
Sie zeigt auf Ben der sich kurz verbeugt.
„Sicher wisst ihr auch noch was für eine tolle Idee Ben hatte, am Abschlusstag?"
Oh Je, denke ich, die Zeitkapsel...
„Genau!" fährt Betty fort,
„und wie es sich gehört, haben wir sie ausgegraben..!"
Ein Raunen durchquert den Raum,
„Ja ja, jetzt kommen eure Jugendsünden zum Vorschein," lacht Betty und tippt auf die Kiste.
Wir sollten etwas hineingeben, dass ein Geheimnis von uns birgt, etwas das niemand weiß, etwas das wir nie jemanden sagen wollten, etwas aus unserem Herzen.
Ich bin mir sicher niemand hat sich wirklich daran gehalten, schon weil jeder ahnte, die Kapsel wird früher oder später ausgegraben.
Betty klatscht in die Hände,
„uhh Kinder bin ich aufgeregt!! na dann mal Los," fordert sie Ben auf die Kiste zu öffnen.
„Weißt du noch was du hinein gegeben hast?" flüstere ich Gwen zu.
Sie trinkt ihr Glas Wein auf ex leer und sieht mich mit großen

Augen an.
„Ein Nacktbild!"
Wie als Standbild eingefroren, starren wir sie alle an.
„Ein Nacktbild? Von wem!" frage ich entsetzt.
„Von mir natürlich..!"
„Wieso hast du ein Nacktbild von dir hinein gemacht,"
fange ich so laut an zu lachen, dass sich die anderen zu uns umdrehen.
Gwen's Blick fällt auf Tyler, der nervös auf seinem Stuhl rutscht. Verlegen lächelt er uns entgegen.
„Es sollte mich an mein erstes Mal erinnern..,"
lächelt Gwen zurück.
„Du hattest dein erstes Mal mit Tyler?? ich dachte es war Jimmy nach dem Abschlussball!"
„Nein, es war schon früher, Tyler hatte auch das Foto gemacht," schenkt sie sich Wein nach und trinkt es erneut auf ex.
Die Kiste ist offen und nach und nach liest Betty Zitate vor die auf Rückseiten von Foto's oder auf Karten standen.
„Ich bin Schwul, Paul Neubauer.."
Wir sehen zu Paul, der Achselzuckend da sitzt.
„Nun ja Paul, das war kein Geheimnis, dass wussten wir glaub ich alle, aber es kam von Herzen.." legt sie die Karte auf die Seite.
„Ich habe Angst im Dunkeln und schlafe noch mit Nachtlicht, Jenny Gunther."
Ich muss lachen, Jenny's Nachtlicht, ich kann mich noch gut daran erinnern, Hello Kitty-Nachttischlampe.
„Jubb, meine Lampe habe ich heute noch," verbeugt sie sich.
Nach etwa drei weiteren Kandidaten wird Gwen's Nacktbild gezogen, Betty's Gesicht errötet sich. Die Meute applaudiert und gratuliert Tyler nachträglich.

„Sicher willst du das Bild wieder haben?" streckt Betty es zaghaft in unsere Richtung.
„Nein, Tyler kann es haben!" lächelt sie ihn an.
„Ich wurde adoptiert, meine leibliche Mutter saß im Gefängnis, Rosie Jensen."
Alle starren mich an,
„Ja ich weiß. Das habt ihr nicht gewusst," sage ich verlegen, „machen wir bitte weiter.."
Betty nimmt eine kleine Schachtel aus der Kiste,
„oh was haben wir denn da?"
Sie wickelt vorsichtig das darum gewickelte Schreiben ab und liest vor.
„Mein größtes Geheimnis, ist das meiner Herkunft, bzw. meiner Eltern. Sie sind nicht Tod. Sie haben ihren Tod nur vorgetäuscht, um mich zu schützen, vor denen die sie bedrohten, vor denen die mein Leben wollten. Damit ich sorglos aufwachsen konnte, sind sie untergetaucht und gaben mich meinen Pflegeeltern. Ich habe es zufällig erfahren, und beschlossen nach dem Abschluss nach ihnen zu suchen, daher habe ich nie wirklich Anschluss gefunden, mich nie wirklich auf Freundschaften eingelassen. Habe ihr nie gesagt das ich sie Liebe, dass bereue ich am meisten. Wenn ihr das hier liest, werdet ihr mich vielleicht ein bisschen besser verstehen.
Anbei habe ich ein Geschenk für das Mädchen dass mir mein Herz stahl, das Mädchen an das ich immer denken werde, immer Lieben werde. Du erinnerst dich sicher. Ich wollte ihn dir selbst geben, doch habe mich nie getraut.
Lucas Brady."

Stille im Raum, alle starren auf die Bühne. Dass haben wir nicht erwartet. Damit hat niemand gerechnet.
„Steht da auch wer sie ist?" hören wir jemand rufen.
„Ja wer ist die Geheimnisvolle?"
„Das steht da leider nicht, aber ich kann das Geschenk ja mal aufmachen, wenn ihr wollt?!"
Vorsichtig öffnet Betty das Schächtelchen,
„ein Plastikring!" hält sie ihn nach oben.
„Oh wartet, darin ist auch noch ein Zettel."
Sie faltet ihn auseinander und liest vor.
„Hallo Rosie,
ich konnte nicht mit ansehen wie du dein ganzes Kleingeld verschwendet hast, und ihn doch nicht bekommen hast, obwohl er dir doch so gut gefällt. Habe den Eisverkäufer bestochen, damit er die Glaskugel öffnet und ich den Ring haben konnte.
Lucas."
Erstarrt, mit offenem Mund und weiten Augen schaue ich zu Betty die mich ebenso anschaut.
„Rosie, der ist dann wohl für dich."
Wie in Trance laufe ich zur Bühne und Betty überreicht mir beide Schreiben und den Ring. Es war ein weißer Plastikring mit einem regenbogenfarbenen Stein.
Ich erinnere mich an den Ring, unser Eiscafé in der Stadt hatte einen Automaten in dem lauter Plastikkugeln mit Kinderschmuck war. Man sollte 50 Cent hinein schmeißen, damit eine Kugel herauskam. Nie wusste man vorher welchen Schmuck man erhalten würde. An einem Wochenende hatte ich tatsächlich mein ganzes Geld verschwendet, in der Hoffnung den Ring zu erhalten. Vergeblich. Wage erinnere ich mich daran dass Lucas auch dort war.
Ich war geschockt über Lucas´ Geheimnis. Weniger wegen der

Beichte über seine Eltern, vielmehr darüber,
er war in mich verliebt.
Dieses Geständnis bereitete mir die Nacht darauf Kopfzerbrechen, den ganzen Sonntag verbringe ich damit an Lucas zu denken. Hat er seine Eltern gefunden? Lebt er überhaupt noch? Liebt er mich immer noch? Wo ist er jetzt?
Der Plastikring passt wie angegossen. Wie gerne würde ich ihm zeigen, wie schön er am Finger aussieht, mich bei ihm bedanken... mit ihm über sein Geheimnis reden.
Wie wäre mein Leben wohl verlaufen, hätte er mir damals gesagt was er für mich empfindet?! Wären wir heute noch zusammen? Verheiratet? Womöglich bereits mit Kinder im Haus?
Ich überlege, denke an die Schulzeit, suche nach Hinweisen. Hinweise darauf, dass Lucas in mich verliebt war.
Warum habe ich nie etwas bemerkt? Warum ist mir das entgangen? Im Bücherregal finde ich mein altes Jahrbuch, weiß genau auf welcher Seite Lucas abgebildet ist, oft genug habe ich es damals aufgeschlagen. Wieder fällt mir sein Jahrbuchfoto entgegen, wieder fällt mir auf wie traurig er darauf aussieht. Hat er damals schon von dem vorgetäuschten Tod seiner Eltern gewusst? War er deshalb so traurig?
War er deshalb nicht auf dem Abschlussball??
Seufzend blättere ich die restlichen Seiten durch, am Ende eine Adressenliste mit Telefonnummern. Ich erinnere mich, wir wollten alle in Kontakt bleiben und verteilten untereinander die Liste.
Lucas Brady bei Bakers, Sunsetroad 2302, 555-25874563
Ob die Bakers dort immer noch wohnen?
Lucas´ alte Nummer blinkt auf meinem Handy, fragend ob oder ob nicht, starre ich darauf.

Nervös tippe ich auf *Anrufen*..es klingelt.
„Helen Bakers," meldet sich eine Stimme..
„Hallo?"
Meine Stimme versagt.
„Hallo," flüstere ich hinein, räuspere mich.
„Hallo," sage ich erneut,
„hier ist Rosie, Rosie Jensen. Ich ging mit Lucas auf die Schule."
„Oh ja, ich erinnere mich an dich, wie geht es dir Rosie?"
Sie erinnert sich an mich? Ich war nie bei Lucas zuhause.
„Gut, danke. Ich rufe an weil ich, naja ich.."
Wie sollte ich das denn nur am besten sagen?
„Ähm, wir hatten gestern Klassentreffen, und Lucas war der einzige der nicht anwesend war, und da wollte ich, Äh.." stottere ich darauf los.
„Da wolltest du wissen warum?" beendet sie meinen Satz.
„Ja so in der Art!"
„Er hat seine Gründe Rosie."
„Ja, die kenn ich!"
„Ach, wirklich?"
„Ja, hat was mit dem Tod seiner Eltern zu tun, oder vielmehr damit dass sie nicht Tod sind. Oder damit dass er in mich verliebt war."
Stille am Ende der Leitung..
„Mrs. Bakers, sind sie noch da?"
„Ja Rosie, woher weißt du es? Er sagte mir er hätte nie den Mut gehabt es dir zu erzählen."
„Wissen sie wo er ist?"
Erneute Stille..
„Mrs Bakers??"
„Nein Rosie, weiß ich nicht.."
Ihre Stimme klingt leise, als würde sie überlegen.

Ich bin mir sicher sie weiß wo er ist.
„Gut ok, danke Mrs. Bakers," sage ich und lege einfach auf.
Mein nächster Anruf geht an Gwen.
„Hallo süße was gibt's?"
„Kannst du morgen die Arbeit schwänzen?"
frage ich einfach drauf los.
„Warum?"
„Lust auf einen Ausflug?"
„Wo soll es denn hin gehen?"
„Nach Hause!"

Ich kenne den Weg zu Lucas noch ganz genau, wie oft stand ich mit Gwen hinter dem Baum, gegenüber von seinem Haus und habe es beobachtet. Nie ging ich rüber, nie habe ich geklingelt, nie habe ich mich getraut. Doch heute stehe ich auf der Veranda und starre die Klingel an.
„Na los, klingel," fordert mich Gwen auf.
Mein Herz pocht.
Ding Dong
Ich höre Schritte. Die Tür öffnet sich.
Ich starre in Mrs. Bakers Gesicht.
„Hallo Rosie, ich wusste dass du kommen wirst!"
„Ach wirklich?"
Sie lächelt uns an und bittet uns hinein.
„Ja, nach deinem Anruf gestern, dachte ich mir deine Fragen sind nicht alle beantwortet."
Skeptisch sehe ich sie an.
Sofort fällt ihr der Plastikring ins Auge, den ich mittlerweile um den Hals trage.
Sie lächelt als sie ihn sieht,
„der teuerste Plastikring den es je gegeben hat."
„Wie bitte?" halte ich ihn fest.

„Lucas hat ihn für 50 Dollar aus dem Automaten freigekauft."
Gwen und ich sehen uns entsetzt an.
„Wie hast du ihn erhalten Rosie?"
„Er war in der Zeitkapsel!"
„Ah, verstehe..!"
Ich zeige ihr die Schreiben von Lucas.
„Bitte, ich muss wissen wo er ist?"
„Warum Rosie?"
„Ich will ihm sagen, dass ich ihn erhalten habe und mich bedanken."
„Ich werde es ihm ausrichten."
„Aha!" schreie ich sie an,
„sie wissen also doch wo er ist!!"
Seufzend lässt sie sich auf dem Stuhl zurück fallen.
„Nicht direkt, er bleibt nie lange an einem Ort, wo er hingeht und wann, entscheidet er spontan."
„Hat er seine Eltern gefunden?"
„Nein! Dass wird auch ein Grund sein, für seinen ständigen Aufenthaltswechsel."
Mrs. Bakers stellt uns einen Kaffee auf den Tisch,
„er kommt erst zur Ruhe wenn er gefunden hat wonach er sucht."
Ich nicke und trinke einen kleinen Schluck.
„Wie hat er es erfahren? Das seine Eltern noch leben?"
„Als wir die Brady's kennenlernten, war Lucas gerade eins geworden," fängt Helen zu erzählen an.
Gwen und ich hören aufmerksam zu.
„Sie zogen in das freie Haus unten an der Straße.
Wir haben uns alle gewundert, dass die Familie ohne Möbel oder Kleidung hier ankamen. Sie meinten, ihr altes Haus wäre abgebrannt und sie hätten alles verloren. Nach und nach kamen die Nachbarn und brachten ihnen Möbelstücke die nicht mehr

gebraucht wurden, schnell wurden wir Freunde.
An Lucas´s Dritten Geburtstag, wir waren gerade beim BBQ, tauchten vier Männer auf, die sich mit Mr. Brady heftig stritten. Mrs. Brady wurde sehr nervös. Sie erzählten uns es wäre nichts ernstes und wir sollten uns keine Gedanken machen. Doch die nächsten Wochen wurden beide noch nervöser, eher paranoid."
Helen steht auf und schenkt uns Kaffee nach.
„Lucas´ richtiger Name ist Cayden, Cayden Richards."
Mit weiten Augen starren wir sie an,
„wie bitte...!" rufe ich entsetzt.
Helen nickt,
„Ja, so habe ich auch reagiert als Carl, Mr. Brady, mir das erzählte. Er hieße eigentlich Jeff Richards, und seine Frau die wir als Dana kannten, hieße eigentlich Melissa."
„Wieso haben sie ihre Namen geändert?" will Gwen wissen, voller entsetzen starrt sie Helen an.
„Carl/Jeff, arbeitete als Buchhalter in einer Firma die Geld wäscht, als er es heraus fand, ging er zur Polizei, die seinen Boss verhaftete. Dieser schwor ihm Rache. Aus Angst um sein Leben, brachte man ihn und seine Familie in ein Zeugenschutzprogramm und gab ihnen neue Identitäten."
„Die der Brady´s?!" sage ich fragend.
„Genau," nickt Helen.
„Und die Männer auf der BBQ Party, waren die, vor denen sie sich versteckten?!"
„Nein, es waren die Männer vom FBI die ihnen die Identität gaben, sie wurden gewarnt, davor dass es ein Loch gab und jemand alle Daten des Zeugenschutzprogramms gestohlen hatte. Aus Angst was passieren könnte, wollten sie untertauchen, da es kein Leben für Lucas/Cayden wäre, immer auf der Flucht zu sein, ließen sie ihn bei mir und ich erzählte ihm sie wären gestorben! Mit Hilfe des FBI´s konnten sie den Tod

vortäuschen."
Helen beugt sich zu uns herüber,
„ich weiß das es falsch war, einem kleinen Jungen zu sagen seine Eltern sind Tod, aber ich hatte keine Wahl."
„Keine Wahl? Man hat immer eine Wahl," ruft Gwen immer noch entsetzt.
„Wie hat er es erfahren?" lenke ich schnell ab.
Gwen wippt nervös auf ihrem Stuhl, ihr Gesicht ist Rot fleckig, dass ist es immer, wenn sie sich tierisch aufregt.
Ich erkenne ihre flache Atmung. Sie ist kurz vor dem platzen.
„Ja wie hat er es erfahren??" schnauft sie Helen an.
„Durch eine Projektarbeit in der JuniorHigh!"
Helen sieht Gwen streng an,
„ich bin nicht die Böse hier, Gwendolyn. Ich habe weder seine Eltern getötet, noch war es meine Idee. Ich habe ihn aufgenommen, ich war da als er nächtelang weinte, als er die Windpocken bekam, als er sich seinen Arm gebrochen hatte, ich cremte seinen Sonnenbrand mit Quark ein, ging zu Elternabende und war immer für ihn da.. Ich liebe ihn wie mein eigenen Jungen!"
Ich bemerke wie Gwen etwas ruhiger wird, doch ihre Flecken bleiben.
„Trotzdem haben sie ihn Jahrelang belogen..!"
„Ich sollte es ihm nicht sagen! Nicht bevor er 18 wird. Das war der Wunsch seiner Mutter. Sie dachte er würde es nicht verstehen..!"
Gwen beugt sich nach vorne,
„er hat es aber früher erfahren! Und ? Hat er es verstanden?"
Ihr Blick ist ernst, sie ist wirklich sauer..!
Helen beugt sich ebenfalls nach vorne,
„besser als du heute!!"
„Bitte, nicht streiten!" mische ich mich ein,

„wie hat er es erfahren??"
Die Tür öffnet sich und wird mit einem lauten Knall wieder zu gehauen.
„AAAAHHH," stürmt Prue herein.
Ich hatte Pruedence ganz vergessen. Sie ist die Leibliche Tochter der Bakers´.
Lucas war bereits Zehn als sie auf die Welt kam.
Sie vergötterte ihren Pflegebruder, er hatte sie oft dabei wenn wir am See waren oder uns im Eiscafé trafen.
Sie müsste heute 16 oder 17 sein.
Pubertät, denke ich als sie ihre Tasche auf den Tisch knallt und „ich hasse ihn.." brüllt.
„Prue bitte, wir haben Besuch," wird sie von Helen ermahnt.
Fragend sieht sie uns an, als sich ihre Miene erhellt und sie lächelnd vor mir steht.
„Oh mein Gott, du bist Rosie!!"
Überrascht schaue ich Gwen an. Sie zuckt mit den Schultern und ist genau so ratlos wie ich.
Das sich Prue überhaupt noch an mich erinnert??
„Warum seit ihr hier?" setzt sie sich neben mich.
„Sie suchen Lucas."
„Warum?"
Wir starren sie beide an, wie viel von der *Cayden-Geschichte* weiß sie?
„Nein ich meine Warum erst jetzt?" fragt Prue erneut.
„Weil ich, äh ich nicht wusste dass er ähm.."
fange ich an zu stottern und greife nach dem Ring.
Prue´s Blick fällt auf die Kette,
„oh, ihr habt die Zeitkapsel ausgegraben!"
„Du weißt davon?" frage ich überrascht.
„Ja es war meine Idee!" lächelt sie uns an.
„Wie viel weiß sie?" richtet Gwen ihre Frage an Helen.

„Hast du es ihr erzählt, Mom?"
Helen nickt Prue zu.
„Ich habe es am Abschluss erfahren, ein Tag vor der Zeitkapsel und kurz bevor er anfing zu packen."
Prue schaukelt mit dem Stuhl und rubbelt an der Tischdecke herum.
„Ich wollte wissen warum er geht, und warum ich ihn nie besuchen kommen kann."
Sie stellt den Stuhl wieder aufrecht und strahlt mich an,
„aber für mich bleibt er immer Lucas!! auch wenn er sich jetzt wieder Cayden nennt."
Erstaunt sehe ich sie an.
„Oh, das wusstest du nicht," flüstert Prue.
„Weiß sie dass er eigentlich Cayden heißt?"
wendet sie sich ihrer Mutter zu.
„Ja das weiß ich bereits. Nur nicht das er sich wieder so nennt."
„Oh ok. Dann hätte ich es lieber nicht sagen sollen."
„Prue, weißt du wo er zur Zeit ist?"
Meine Augen fixieren sie, versuche an ihrer Reaktion herauszubekommen ob sie weiß wo er ist oder wirklich nichts weiß.
„Ja!"
flüstert sie leise und weicht meinem Blick aus.
Ok, diese Antwort überraschte mich, eigentlich habe ich damit gerechnet sie würde Nein sagen.
Gwen gibt mir einen kleinen schubs unter dem Tisch und lächelt mich an.
„Aber ich werde es dir nicht sagen."
Sie steht auf und rennt die Treppen hinauf.
„Prue, bitte.." rufe ich ihr hinterher.
Helen greift nach meiner Hand und sieht mich ernst an,
„Rosie, er hatte seine Gründe warum er es dir nie gesagt hat.

Und auch warum er heute nicht will das du weißt wo er ist.
Er weiß bereits das du den Ring erhalten hast, schließlich war
es logisch dass die Zeitkapsel ausgegraben wird am
Klassentreffen. Und von dem Treffen wusste er auch."
Tränen füllen sich in meine Augen,
„ich hab ihn geliebt."
Helen reicht mir Taschentücher,
„ja das wusste er. Und ich weiß dass er dich auch geliebt hat.
Wir haben oft darüber geredet."
Ich schnäuze meine Nase und sehe Helen erstaunt an.
„Ich sagte ihm wenn er dich liebt und er weiß du liebst ihn
auch, verstehe ich nicht warum er solche Angst hätte mit dir
auszugehen."
„Ich wäre mit ihm ausgegangen..!" schluchze ich sie an.
„Ja das wusste er. Aber die Tatsache dass er auch wusste er
würde nach dem Abschluss nach seinen Eltern suchen und
müsste dich dann zurück lassen, womöglich mit gebrochenem
Herzen, gab ihm die Gewissheit es dir nie zu sagen."
Verheult nicke ich ihr zu.
„Wie hat er es erfahren, Mrs. Bakers?"
flüstert Gwen neben mir.
„Die erste Hausaufgabe in der JuniorHigh sollte eine
Stammbaumprojektarbeit werden."
Ich erinnere mich an diese Arbeit, wir sollten einen
Stammbaum unserer Familie erstellen, um uns gegenseitig
besser kennenzulernen.
„Da Lucas nicht viel von seinen Eltern wusste, wollte er ein
paar Foto's suchen. Wenigstens ein Bild seiner Mom an die
Spitze hängen."
Helen seufzt,
„heute denke ich, hätte ich lieber selbst ein paar Foto's heraus
gesucht. So hätte ich ihm den Schmerz die ganze Schulzeit

über ersparen können."
Gwen fängt an laut zu lachen,
„Ja sicherlich!"
Mit einem Bösen Blick auf Gwen gerichtet erzählt Helen weiter,
„wir hatten die Fotokiste aus ihrem alten Haus. Ich gab sie Lucas und er fing an voller Zuversicht darin zu suchen. Aber leider lagen auch Foto´s vor seinem ersten Geburtstag darin. Auf einem Foto war er gerade ein Paar Tage alt. Es wurde im Krankenhaus aufgenommen, mit samt Geburtsurkunde, die daneben lag.
Cayden Richards
Geboren 10.08.1990
Vater: Jeff Richards
Mutter: Melissa Richards

Auf einem weiteren war er mit seiner Mutter, ca. ein halbes Jahr alt. Auf der Rückseite stand
Cayden und Melissa
erstes Weihnachten zu dritt

Auch ein Foto seines ersten Geburtstages lag darin, ebenfalls betitelt,
Cayden wird ein Jahr alt

Lucas konfrontierte uns mit den Foto´s und wir erzählten ihm die Geschichte seiner Eltern. Danach wurde er ganz verschlossen, sprach kaum noch etwas. Fing damals schon an nach ihnen zu suchen, doch als Minderjähriger hatte er kaum eine Chance sie zu finden, also beschloss er, gleich nach dem Abschuss nach ihnen zu suchen."
Oh Gott wie schrecklich, denke ich, es auf diese Art und Weise

zu erfahren.
Es war schon Spät, wir hatten einiges erfahren, mehr wie ich eigentlich erhofft hatte und Gwen und ich machten uns auf den nach Hause Weg.

„Hey Mäuschen, wo wart ihr denn? Ich habe versucht dich anzurufen!" werden wir von Tom empfangen als ich die Tür aufschließe.
Oh, Tom! Den hatte ich ja ganz vergessen.
„Hast du geweint?" nimmt er mich in den Arm.
„Hallo Tom," begrüßt ihn Gwen,
„nein sie hat nicht geweint. Wir waren bei einem Showcooking und der Typ hat direkt neben Rosie seine Zwiebeln geschnitten."
Dankend lächle ich sie an.
„Oh dann habt ihr schon gegessen? Ich habe Pizza bestellt."
„Super, ich habe Hunger...!"
lässt sich Gwen auf das Sofa fallen,
„nach der Zwiebelsache sind wir einfach gegangen."
Gwen und ich reden nicht mehr weiter über die Sachen die wir heute erfahren haben. Ich wüsste auch nicht wie ich es Tom erklären sollte. Die Woche verläuft wieder im Alltag, versuche mir nichts anmerken zu lassen, trotzdem ist es Tom nicht entgangen, dass mich etwas beschäftigt. Heute ist Samstag, heute wollen wir unseren Jahrestag nachfeiern. Heute ist es eine Woche her, eine Woche seit ich von Lucas´ Geständnis weis. In Gedanken vertieft, stochere ich in meinen Cannelloni.
„Du bist wieder Meilen weit weg,"
unterbricht Tom meine Gedanken.
„Entschuldige bitte."
„Hat es was mit dem Ring zu tun?"
Fragend sehe ich ihn an.

Tom schneidet an seinem Steak herum,
„mir ist nicht entgangen, dass du seit einer Woche diesen Plastikring um den Hals trägst."
Reflexartig greife ich danach. Ich habe ihn an die Kette zu Tom´s Anhänger gehängt.
„Oh, Ja. Ich meine nein, alles Gut."
„Was beschäftigt dich Rosie?"
Einen kurzen Moment überlege ich, ob ich mit Tom darüber reden sollte.
„Nichts Tom, alles Gut."
Ich weiß er glaubt mir nicht, aber ich kann es ihm nicht sagen.
„Woher hast du den Ring denn?"
Wieder überlege ich, Tom die Wahrheit zu erzählen.
„Er lag in der Zeitkapsel, die wir damals am Abschluss vergraben haben."
Tom lacht,
„ein besseres Erinnerungsstück hattest du damals nicht zur Hand, als ein Plastikring?"
Ich seufze,
„damals hat er mir viel bedeutet."
„Heute scheinbar auch noch, schließlich trägst du ihn um den Hals."
„Ja mag sein Tom, er bedeutet mir heute auch noch viel, daran wurde ich beim öffnen der Kapsel erinnert. Daran und wie sehr ich ihn vermisst habe," fauche ich Tom an.
„Schon gut Rosie, wir sprechen doch von dem Ring oder?" sieht er mich erschrocken an.
„Ja sicher, worüber denn sonst?" stopfe ich mir eine Gabel Cannelloni in den Mund.
Natürlich war ich mir nicht sicher ob ich den Ring oder Lucas gemeint habe.

Die nächste Woche nehme ich mir frei, und fahre erneut nach Hause. Auch meiner Mom ist es nicht entgangen, dass ich mit den Gedanken wo anders bin.
„Habt ihr euch wieder gestritten?" will sie wissen.
„Nein Mom, es hat nichts mit Tom zu tun."
Ich unternehme einen Spaziergang, meinen alten Schulweg. Mache vor der Lincolnhigh halt. Die Schule gleicht einer Geisterstadt. Es sind bereits Sommerferien, trotzdem steht die Tür geöffnet. Langsam gehe ich hinein. Der Geruch von frisch gewachstem Boden steigt in meine Nase, die Spinde spiegeln sich darin. Mit den Fingen streife ich an ihnen entlang und bleibe vor meinem alten Spinnt stehen. In Gedanken sehe ich mich ihn öffnen, damals zur Schulzeit. Sehe zur anderen Seite, Lucas steht am spinnt und lächelt mich an.
„*Hübsches Kleid,*" höre ich ihn sagen.
Ich sehe an mir herunter, trage ein weißes Kleid mit blauen Schmetterlingen darauf. Ich muss schmunzeln. Gehe weiter in unser ehemaliges Klassenzimmer und setze mich an den alten Platz. Wieder füllt sich in meinen Gedanken der Klassenraum, wieder sehe ich Lucas herein laufen, er fängt an zu lächeln als er mich sieht und setzt sich ohne Worte an seinen Platz schräg hinter mir. Ich blicke über meine Schulter, sehe Lucas mit gesenkten Kopf wie er mich beobachtet. Zaghaft lächelt er mich dabei an. Ich gehe weiter zur Cafeteria, auch hier sehe ich eine volle Halle, sehe Lucas in der Schlange zur Essensausgabe, stelle mich in die Schlange hinter ihm.
Er greift nach dem letzten Schokopudding, stellt ihn aber wieder zurück. Ich freue mich darüber, dann kann ich ihn haben. Schnell greife ich danach, bemerke Lucas schmunzeln als er sein Essen bezahlt.
Weiter zum Sportplatz. Auch dort bin ich wieder zurück in der Schulzeit, auch hier sehe ich Lucas.

Er liegt erschöpft auf dem Rasen, verschwitzt, dreckig vom Training. Ich beuge mich über ihn, strecke meine Hand nach ihm aus, helfe ihm hoch. Verlegen schaut er mich an.
„Danke," nuschelt er. Erst jetzt wird mir bewusst, dass er dabei immer noch meine Hand hält.
Nach meinem Rundgang durch die Schule komme ich an der Eisdiele vorbei. Ich setze mich an einen Tisch und bestelle mir ein Eis. Sehe mich mit Gwen und den anderen in der Ecke sitzen und quatsch machen.
Lucas sitzt ebenfalls einen Tisch weiter, im Sitz nach unten gerutscht, einem Milchshake in der Hand, schlürfend, mich beobachtend. Lächelnd zaghaft, als ich ihn ansehe..
Ich muss Lachen, bei all den Erinnerungen, die ganze Zeit habe ich mich gefragt warum ich es nie gemerkt habe, dabei war es doch so offensichtlich.
All die Zeichen fallen mir erst jetzt auf.
Wie oft hat er mich heimlich beobachtet, mich zaghaft angelächelt. Wie oft hat er mich zufällig berührt.
Ich laufe weiter und stehe vor dem Baum gegenüber der Bakers. Sehe Lucas im Garten, bei einer Teeparty mit Prue. Wie oft bin ich hier versteckt gewesen? Wie oft habe ich ihn bei der Teeparty beobachtet?
Ich setze mich ins Gras und starre auf die Veranda, beobachte das Haus.
Cayden Richards spuckt es in meinem Kopf.
Cayden!! Wo bist du, Lucas?!

Kapitel 2
Das Haus

***E**in Ring aus Plastik!!*

Ein Ring aus einem Automaten!!
Ein Ring für Kinder!!

hat mein Leben komplett aus der Bahn geworfen.

„Es kommt nicht auf den Ring an, sondern auf den Menschen der ihn dir schenkt."

Ich sitze bei meiner Oma und schütte ihr mein Herz aus. Vergeblich habe ich die ganze Woche versucht mit Prue zu reden. Vergeblich versuchte ich herauszubekommen wo sich Lucas zur Zeit aufhält. Doch sie stellt auf Stur.
„Ich musste es ihm versprechen. Er bleibt nur mit mir in Kontakt, wenn ich niemandem erzähle wo er gerade ist."
„Das ist doch lächerlich," schrie ich sie an,
„wieso soll niemand wissen wo er ist??"
„Also wenn du mich anschreist, kommst du auch nicht weiter," ließ sie mich stehen.
„Du suchst an der falschen Stelle mein Schatz."
Fragend sehe ich Oma an.
„Du gehst jeden Tag zu seiner Schwester, in der Hoffnung sie sagt etwas."
Ich verstehe immer noch nicht.
„Na ja, das ist die falsche Stelle, suche dort wo er auch suchte, geh seinen Hinweisen nach."
Ich überlege, wie sie das meint.

„Na ganz einfach Rosie, Lucas muss ja auch irgendwo angefangen haben, finde heraus wo er als erstes hingegangen ist, und folge ihm."
So langsam dämmerte es mir,
„eine Schnitzeljagd?!"
Oma nickt und lächelt dabei.
„Ja das ist eine gute Idee Oma, das werde ich machen."
Nur wo sollte ich anfangen.
Er nennt sich jetzt wieder Cayden Richards.
Richards, wie viel Richards wird es schon geben?!
Als erstes wird er nach Verwandten gesucht haben.
Da werde ich auch anfangen.
Leider muss ich dafür ins nächstgelegene Internetcafé, da meine Oma immer noch im Steinzeitalter lebt und kein PC besitzt, geschweige den einen Internetanschluss.
Einen Dollar die Minute, na hoffentlich brauche ich nicht so lange..
Ich tippe Richards in die Suchleiste des Telefonnummernsuchprogramm ein.

221,441 Resulds found

blinkt es mir entgegen. Ich schnaube tief durch. Doch so viele. Die kann ich unmöglich alle anrufen! Ich muss die Suche eingrenzen. Bundesstaat?! Ok dafür müsste ich wissen, aus welchem Bundesstaat sie kamen. Vorname?! Auch schlecht. Unter Jeff wird wohl nach 26 Jahren kein richtiger Eintrag mehr stehen. Seufzend lasse ich mich zurück fallen. Reibe meine Augen, ich muss mir was einfallen lassen.
„Texas!" höre ich plötzlich hinter mir.
Ich drehe mich ruckartig um und blicke in Prue´s Gesicht.
Sie beugt sich über mich und tippt *Texas* in die Spalte für Bundesstaat.

„Er wurde in Texas geboren und hat dort als erstes nach Hinweisen gesucht."
Verblüfft sehe ich sie an,
„woher weißt du, dass ich...!"
Sie verschränkt die Arme und sieht mich kritisch an.
„Ich war bei deiner Mom zu Hause und dann bei deiner Oma und die sagte mir du veranstaltest jetzt eine Schnitzeljagd," sie fängt an zu lachen,
„ich musste sofort anfangen zu lachen, Schnitzeljagd!!! Genau wie Lucas!!"
„Aha," drehe ich mich weg,
„und warum suchst du mich?"
Prue setzt sich neben mich,
„ich wollte mich entschuldigen, es war nicht Nett was ich gesagt habe, du bist keine psychisch gestörte, Stalkerin."
„HmmH" tippe ich weiter am PC.

14,788 Resulds Found

blinkt es erneut.
„Großartig!!" fluche ich laut.
Mitleidig schaue ich zu Prue, sie atmet schwer und verdreht die Augen.
„Bitte Prue, welchen Filter hat er noch benutzt?"
„Wenn ich dir helfe, ist das wie wenn ich dir sage wo er als erstes hin gereist ist!!"
„Das würde mir diese Sache hier erheblich erleichtern..!" schnaufe ich sie an.
Sie rührt sich nicht. Starrt mich nur an.
Ich beuge mich zu ihr und nehme ihre Hände,
„glaubst du an Seelenverwandtschaft, Prue?"
„An Was?!" sieht sie mich entsetzt an.
„An deinen Seelenpartner! Deine zweite Hälfte, die dich

vollständig macht?"
Sie hebt eine Braue nach oben und sieht mich kritisch an.

„Jede Seele lebt in einem Seelenkäfig,"
versuche ich zu erklären,
„wird ein Lebewesen geboren, wird eine Seele geteilt, und das Lebewesen bekommt eine Hälfte, damit es existieren kann."
Immer noch sieht sie mich kritisch an.
„Die zweite Hälfte wird einem anderen Lebewesen zugeteilt. Dein ganzes Leben wirst du bewusst oder unbewusst diese zweite Hälfte suchen, denn nur wenn beide Seelen vereint sind, wirst du die wahre Liebe erleben."
Ihr Blick bleibt gleich.
„Verstehst du? Ich muss Lucas finden!"
„Du denkst er ist die zweite Hälfte deiner Seele?"
„Nein! Ich weiß es!"
Sie atmet tief durch, und schließt die Augen.
„Woher? Woher weißt du es?"
Ich lasse ihre Hände los und lehne mich zurück.
„Es gibt ein Zitat aus dem 6. Jahrhundert, meine Oma hat es mir immer aufgesagt."
Prue sieht mich neugierig an,
„und wie lautet es?"
„Es gibt eine Liebe, die über jede Liebe erhaben ist, die Leben überdauert. Zwei Seelen aus einer entstanden. Vereinigt wie zwei Flammen. Identisch, und doch getrennt. Manchmal zusammen, durch Gefühl und Verlangen verschweißt. Manchmal getrennt, um zu lernen und zu wachsen. Aber einander immer wieder findend. In anderen Zeiten, anderen Orten. Wieder und wieder."
„Oh wie wunderschön.." lächelt sie mich an.
„Ja," nicke ich,

„als ich Lucas das erste mal sah, musste ich an dieses Zitat denken. Hilfst du mir?"
zeige ich auf den Bildschirm.
Sie beugt sich über die Tastatur und tippt *Fort Worth, TX* in die Leiste.
„Sein Geburtsort."

2,513 Resulds Found

Ok so langsam werden es weniger.
„Lucas filterte noch das Alter, sein Vater war 40 als er verschwand, also alle die Jünger wie er waren, mussten weg. Danach alle die neu zugezogen sind, also alle die erst ein paar Jahre dort leben."
Gerade als ich los tippen wollte, hält sie mich auf.
„Stopp, zwischen Lucas´ Schnitzeljagd und deiner, liegen bereits fast Zehn Jahre.."
„Oh, daran habe ich nicht gedacht.."
„MhhM," schiebt sie mich auf die Seite und tippt
Mabel Richards, Fort Worth, TX
in die Suchleiste.
„Fang dort an!"

Mabel Richards
Sweetwood Dr 2455
Fort Worth, TX
555-22255778

Mit großen Augen starre ich auf die Adresse. Mein Herz pocht, *der erste Hinweis.*
„Danke Prue."
„Ja ja, du hast es aber nicht von mir..!"
Ich lächle und nehme sie in den Arm, was ihr gar nicht gefällt,

denn sie knurrt mich an.
„Ähhhh, ne geh weg..." schuckt sie mich zur Seite.
Ich schreibe mir die Adresse auf und lächle Prue überglücklich an.
„Das ist seine richtige Oma, die Mutter seines Vaters. Mehr sage ich dir nicht, das war schon zu viel,"
lächelt sie zurück,
„ich werde Lucas auch nicht sagen, dass du nach ihm suchst, ich werde einfach sagen du hättest es endlich aufgegeben."
Endlich aufgegeben?? ich sehe sie mit großen Augen an,
„wann hast du mit ihm über mich gesprochen??"
„Ähh, gar nicht??!" quietscht sie mich an.
Ernst sehe ich ihr direkt in die Augen.
„Oh," schnauft Prue,
„vor ein paar Tagen!"
„Was habt ihr über mich geredet??"
reiße ich meine Augen weit auf.
„Ich habe ihm erzählt dass du bei uns zu Hause warst, weil die Zeitkapsel geöffnet wurde und ihr sein Brief gelesen habt, dadurch willst jetzt unbedingt wissen wo er ist."
„Was hat er gesagt?"
Prue lacht,
„er wollte wissen wie du aussiehst!"
Überrascht sehe ich sie an.
„Ja, ich sagte wie Rosie halt, nur Zehn Jahre älter..!"
„Und wie sieht er aus?"
Prue verdreht die Augen,
„wie damals, nur Zehn Jahre älter..!"
Ich muss lachen über Prue´s Gesichtsausdruck.
„Glaubst du wirklich, Lucas ist deine Zweite Hälfte?"
„Ja, Prue! Das glaube ich!" sage ich ernst.
„Er hat dich nie vergessen, Rosie."

„Woher willst du das so genau wissen?"
Sie atmet schwer und bindet sich die Haare zusammen.
„Weißt du, er hat mal ein Mädchen kennengelernt, Finja. Ich dachte jetzt kommt er endlich nach Hause, hört auf immer weiter zu suchen, ihr zu liebe.. Aber nach ein Paar Monaten war Schluss zwischen den beiden, ich fragte nach dem Grund."
Sie sieht mich ernst an.
„Was war der Grund?!"
„Er sagte, sie ist nicht wie Rosie!!"
Mein Herz pocht erneut wie Wild, ich bekomme Gänsehaut..
„Dann sag ihm doch, Rosie möchte dass er nach Hause kommt."
„Das habe ich bereits, ich sagte ihm du hättest sogar geweint."
Na Toll!!
Ich starre Prue an. Mein Entschluss steht fest.
„Ich werde ihn finden, Prue. Ich werde ihn Nach Hause holen."
Sie lehnt sich zu mir und nimmt mich in den Arm.
„Danke, Rosie!"
„Wenn du mir sagst wo er jetzt gerade ist, wird es schneller klappen," löse ich mich aus ihrer Umarmung.
„Manchmal getrennt, um zu lernen und zu wachsen. Aber einander immer wieder findend.
In anderen Zeiten, anderen Orten. Wieder und wieder,"
sagt sie lächelnd,
„nein Rosie, wenn du ihn alleine findest, dann ist er wirklich dein Seelenpartner..!"

„Warum packst du?"
Tom steht am Türrahmen und beobachtet mich.
„Ich fahre mit Gwen nach Texas."
„Texas?? was wollt ihr in Texas?"
„Wir machen Wellness!"
Hastig packe ich weiter, Tom hat immer bemerkt wenn ich ihn angelogen habe, versuche ihn dabei nicht anzusehen.
„Was ist Los Rosie? Seit deinem Besuch bei deiner Mom bist du so merkwürdig!"
Ich halte inne und sehe ihn an. Wusste sofort er glaubt mir nicht.
„Bitte Tom, ich muss das jetzt tun, ich fahre über das Wochenende nach Texas."
„Ok, wenn du es tun musst,"
tritt er an mich heran und hält meine Schultern fest,
„du weißt dass ich dich Liebe?!"
„Ja das weiß ich," versuche ich ihn dabei nicht anzusehen, „ich Liebe dich auch."
Das tat ich wirklich, ich Liebe Tom. Aber Lucas Liebe ich schon seit meiner Kindheit. Ich musste zu seiner Oma fahren und mit ihr reden, ich muss Lucas finden, ich muss mir einfach sicher sein! Sicher sein, ob Lucas wirklich mein Seelenpartner ist.

„On the Road again, lalalalala, on the Road again.."
„Gwen bitte.."
Seit einer Halben Stunde sind wir schon auf dem Weg nach Texas, seit einer Halben Stunde singt Gwen dieses dämliche Lied.
„Ok Ok, dann mach das Radio an."
„Ist kaputt."
„Kaputt?? soll das heißen wir fahren jetzt vier Stunden nach

Texas ohne Musik?"
„Ja."
„Gut, On the Road again lalalala.."
„Gweeenn..!"
Gwen lacht laut los,
„Mensch Rosie, nicht so verkrampft bitte."
Ich muss auch lachen, Gwen hatte recht, ich bin viel zu angespannt.
„On the Road again," singen wir im Duett.
Als wir bei Mabel in Texas ankommen, sind die Rollläden herunter gelassen, der Vorgarten sieht aus als hätte man sich seit Wochen nicht mehr darum gekümmert. Die Blumen verwelkt, die Rosen verdorrt. Fragend sehen wir uns an und klopfen an der Tür.
„Es ist niemand zu Hause," ruft uns jemand vom Nachbarhaus entgegen.
„Die arme liegt immer noch im Krankenhaus."
„Oh," sehe ich herüber,
„was hat sie denn?"
„Sie ist alt, ich denke sie macht nicht mehr lange."
Entsetzt greife ich nach Gwen´s Hand.
„Wo finden wir sie denn?"
„Im Saint Ann´s Hospital."
„Danke."
Gerade als wir ins Auto steigen wollten, tritt die Nachbarin an uns heran.
„Was wollt ihr denn von Mabel??"
„Wir sind auf der.."
„Durchreise," unterbricht mich Gwen,
„ihr Enkel hat uns geschickt, wir sollten mal nach ihr sehen."
„Cayden? Oh wie Lieb von ihm. Ich habe ihm ja versprochen ich sehe als nach ihr, wollte ihm auch bescheid geben, dass sie

im Hospital liegt, aber seine Nummer ist nicht mehr vergeben."
„Wirklich? Das kann nicht sein! Sind sie sicher?"
flötet Gwen ihr entgegen.
„Ja, ich wollte ihn vor Zwei Wochen anrufen!"
„Was für eine Nummer haben sie denn? Vielleicht ist es ja wirklich die Falsche."
Kritisch sieht sie uns an,
„wer seit ihr noch gleich?"
„Oh wie unhöflich," flötet Gwen weiter,
„ich bin Gwen und das ist Rosie, wir sind mit Lu, Äh Cayden in die Schule gegangen."
„Oh ja Rosie, er hat mir von dir erzählt!"
„Wirklich?" quietsche ich,
„was denn?"
Sie fängt an zu lachen,
„darauf gehe ich jetzt nicht näher ein. Wartet kurz ich hole die Nummer."
Gwen sieht mich lächelnd an und stupst mir in die Seite.
„Hier ist sie," streckt uns Mabel´s Nachbarin einen Zettel entgegen.
208-555-335899100
„Oh sie haben recht, die ist nicht mehr aktuell,"
meint Gwen nach dem sie einen Blick darauf geworfen hatte.
„Wir fahren jetzt ins Hospital und später kommen wir und bringen ihnen seine neue Nummer mit."
„Gut, danke."
Nickend steigen wir ins Auto und fahren los.
„Was sollte das denn?" frage ich verwirrt.
„Idaho," antwortet Gwen.
„Idaho?"
„Ja, die Vorwahl 208 steht für Idaho."
„Und?"

„Verstehst du denn nicht, Lucas gab ihr die Nummer wo er zu erreichen ist, und das war in Idaho."
„Ja aber die Nummer gibt es nicht mehr."
„Das ist doch egal, wir finden weitere Hinweise in Idaho."
Gwen tippt auf ihrem Handy herum,
„Es sind etwa 1500 Meilen bis Idaho, ca. 23 Stunden."
„23 Stunden??"
„Plus, minus ein oder Zwei Stunden, je nach Verkehr.."
Ich puste laut aus,
„ok dann lass uns aber erst ein bisschen schlafen gehen, ich brauche eine Pause."
„Es ist gleich 15 Uhr, wenn wir nicht Sonntag erst ankommen wollen, sollten wir gleich los."
Ich mache halt, sage kein Wort, starre aus dem Fenster.
„Rosie? Alles ok?"
„Nein nichts ist ok, seine Oma liegt im Sterben und er weiß es nicht einmal weil die Nachbarin die falsche Nummer hat."
„Dann ruf Prue an!"
Ich sehe zu ihr hinüber,
„dann weiß er dass ich nach ihm suche und wird sich wieder verstecken."
„Dann suchen wir ihn weiter, was soll's. Wir haben seine Oma gefunden, und? Das heißt nicht das wir wissen wo er ist."
Ich nicke, Gwen hat recht, Prue sollte es ihn wissen lassen.
„Oh Gott, wie schrecklich."
Prue klingt wirklich betrügt.
„Ich werde es ihm sagen wenn er mich anruft."
„Nein Prue, rufe du ihn an und sage es ihm sofort,"
sage ich schon fast befehlend.
„Das kann ich nicht. Ich habe seine Nummer nicht."
Das darf doch nicht wahr sein...!
„Wieso das denn?"

Prue seufzt,
„keine Ahnung. Lucas war schon immer etwas Geheimnisvoll."
Ja da hatte sie recht, das war er in der Tat.
„Ok, dann sag es ihm sobald er anruft."
Kopfschüttelnd sitzt Gwen neben mir.
„Fahren wir ins Saint Ann´s Hospital?!"
Ich nicke und starte den Motor.

Leise öffnen wir die Tür zu ihrem Zimmer und stellen uns neben ihr Bett. Sie hat die Augen geschlossen und liegt friedlich da.
„Ist sie Tod?" flüstert Gwen mir zu.
„Nein mein Kind, noch nicht," lächelt Mabel uns an.
Erschrocken weiche ich zurück.
„Entschuldigung, wir wollten nicht unhöflich sein."
„Das ist doch nicht schlimm, wer seit ihr denn?"
„Ich bin Rosie, und das ist meine Freundin Gwen,"
stelle ich uns vor.
„Rosie?"
„Ja, Mrs. Richards."
„Cayden´s Rosie?"
Fragend sehe ich zu Gwen.
Mabel streckt mir ihre Hand entgegen und ich greife danach.
„Oh, er hatte recht, schön wie ein Engel."
Errötet blicke ich zur Seite.
„Ich habe auf dich gewartet."
„Woher wussten sie dass wir kommen," fragt Gwen überrascht.
Mabel streckt Gwen ihre zweite Hand entgegen,
„Cayden sagte mir ihr würdet irgendwann zu mir kommen."
„Wann hat er das gesagt,"
setze ich mich zu ihr ans Bett.
„Oh, das ist schon ein paar Jahre her. Er sagte irgendwann wirst

du kommen weil du nach ihm suchen wirst, und da sollte ich dir etwas von ihm geben."
Etwas von ihm geben? Er wusste ich würde ihn suchen, er wusste ich würde seine Oma finden.
„Was sollen sie mir denn geben?"
„In meinem Haus, in der Küche, erste Schublade liegt ein Brief für dich Rosie, geh ihn holen, der Schlüssel liegt im Blumenkasten."
Ich nicke und streichle ihre Hand.
„Na los, geh."
„Gut, wir sind gleich wieder da."
Mabel nickt und schloss wieder ihre Augen.
Als wir ihr Haus betreten, konnte ich Lucas' Anwesenheit förmlich spüren.
„Hier hat er gelebt, die erste Zeit über," sage ich zu Gwen.
„Bestimmt," hält sie ein Foto nach oben.
Es zeigt Lucas mit seiner Oma. Daneben Bilder seiner Eltern. Und ein Säuglingsfoto..
„Sicher hätte sie nie gedacht ihren Enkel einmal wieder zu sehen."
Ich öffne eine Tür als mir ein vertrauter Geruch entgegen kommt, setze mich auf das Bett und streiche über die Decke.
Gwen bleibt am Türrahmen stehen und sieht mich kritisch an.
„Er war bestimmt schon lange nicht mehr hier, komm lass uns den Brief suchen."
Er lag wie Mabel es sagte in der Schublade im Schrank.
Mit zittrigen Händen nehme ich ihn heraus und setze mich an den Küchentisch. Langsam öffne ich den Umschlag.

Hallo Rosie,
wenn du diesen Brief erhalten hast, dann kennst du mein Geheimnis. Weißt bereits wer ich wirklich bin und bist auf der Suche nach mir. Ich muss oft an dich denken. Frage mich wie es dir wohl geht, ob du glücklich bist? Sicher fragst du dich das über mich mittlerweile auch. Ja Rosie, mir geht es Gut, bin ich glücklich? Ich weiß es nicht.. war ich jemals glücklich? Solange ich meine Eltern nicht gefunden habe, werde ich es nicht wissen.
Bitte suche mich nicht weiter, lass deine Suche hier enden.
Lebe weiter, heirate, bekomme Baby´s. Vielleicht hast du das ja sogar getan.. dann bleibe bei ihm!!
Ich werde dir hier deine Fragen beantworten,
Ja, ich liebe dich wirklich, schon damals in der Schule..
Nein, ich konnte es dir nicht sagen.
Warum? Weil du in Lucas Brady verliebt warst,
ich aber nicht der war den du kanntest.
Hätte ich es dir sagen können? Ja sicher,
hättest du es verstanden? Hättest du verstanden dass ich gehe? Dass ich als Cayden Richards leben will um meine Eltern zu finden? Du wirst jetzt ja sagen, weil es deine jetzige Meinung ist, doch kannst du dich noch an unser Gespräch erinnern? Auf Bettys Party? Das über deine Zukunftspläne? Du wolltest ein großes Haus mit weißem Zaun außen. Zwei Kinder, ein Junge und ein Mädchen, einen Hund, und jeden Sonntag BBQ mit den Nachbarn..
Ich wusste ich werde dir diesen Traum nicht erfüllen können, darum habe ich dir es nie gesagt, darum bin ich nie auf deine Flirt versuche eingegangen. Darum bitte ich dich jetzt nicht weiter nach mir zu suchen.
Versprich es mir bitte..

Lucas

Ich wische mir die Tränen weg und gebe Gwen den Brief.
„Glaubt er das denn wirklich?" legt sie ihn nach dem Lesen auf den Tisch,
„glaubt er wirklich du würdest aufhören ihn zu lieben, nur weil er dich darum bittet?"
Ich nehme den Brief erneut in die Hand.
„Wir hatten alle unsere Zukunftspläne, ich wollte die neue Mrs. DiCaprio werden," lacht Gwen,
„Und immer noch Single.."
Ich muss schmunzeln.
„Komm wir gehen wieder in die Klinik."
Als wir vor Mabel´s Zimmer ankommen, werden wir nicht hinein gelassen. Eine Schwester tritt an uns heran.
„Sind sie mit Mrs. Richards Verwandt?"
„Ich, äh, nein nicht direkt," stottere ich nervös.
„Sie ist die Freundin ihres Enkels," ergreift Gwen das Wort, „was ist Los?"
„Es tut mir Leid, aber Mrs. Richards ist soeben verstorben!"
Mir bleibt auf der Stelle der Atem weg. Ich muss mich setzen.
„Bist du Rosie?" werde ich von einer zweiten Schwester gefragt. Zaghaft nicke ich.
„Ich soll ihnen ausrichten, sie kann nun endlich gehen, ihr Versprechen hat sie erfüllt, können sie etwas damit anfangen?"
„Ja!" nicke ich,
„danke!"
Sie konnte nun endlich in Frieden sterben,
sie hat Lucas´ Brief übergeben.
Ich sitze in der Klinik und weine.. Weine um eine Frau die ich nicht kannte, ich weine für Lucas!!

Am nächsten morgen klopft es an unser Zimmer.
„Hallo ich bin Anna, ich bin, ich war Mabel´s Enkeltochter, Cayden´s Cousine."
Ich bitte sie herein.
„Die Schwestern im Krankenhaus erzählten mir, dass ihr hier seit, ich wollte euch fragen ob ihr auch zum Essen kommen möchtet?"
„Zum Essen?" frage ich erstaunt.
„Ja, wir wollen Mabel´s Abschied feiern, alle werden heute Abend da sein."
„Alle??" quietsche ich.
„Ja alle ihre Freunde und Verwandte, zumindest die, die ich erreicht habe."
„Lucas etwa auch?"
Anna sieht mich fragend an.
„Ich meine Cayden!"
„Nein. Ich hoffte du wüsstest wo er ist."
„Um ehrlich zu sein Anna, bin ich hier weil ich das nicht weiß. Ich hoffte Mabel könne es mir sagen."
„Dann bitte ich euch, stellvertretend für Cayden teilzunehmen."
„Ja natürlich!"
„Um 18 Uhr in ihrem Haus, bis dann..!"
Das Haus ist voll, sie hatte viele Freunde. Die Nachbarn waren da, so wie ihre Tochter, deren Kinder und Enkelkinder.
Das Telefon läutete am laufenden Band.
„Vielen Dank, ja ihnen auch alles Gute.."
Anna rasselte diesen Satz schon wie auf einem Band ab.
„Wenn jetzt noch einmal jemand anruft, fange ich an zu schreien.."
Zaghaft lächle ich sie an und gehe an das schon wieder läutende Telefon.

„Danke," flüstert sie mir zu.
„Hallo hier bei Richards," melde ich mich.
„Hallo," höre ich eine männliche Stimme,
im Hintergrund laute Musik, jubelnde Leute, eine Ansage
durch ein Lautsprecher,
„hören sie mich?"
„Nur ganz schlecht Sir," sage ich,
„es ist so laut bei ihnen."
„Oh Moment,"
es wird ruhiger.
„Jetzt besser?"
„Ja, jetzt kann ich sie besser verstehen."
„Ich wollte wissen wie es Mabel geht, meine Schwester
erzählte mir sie wäre im Krankenhaus."
Ich erstarre, kann kaum atmen.
„Hallo? Sind sie noch da?"
„Ja," flüstere ich leise,
„tut mir Leid."
„Ist sie etwa...!"
„Ja!"
„Wann?"
„Gestern Abend. Vorher hatte sie aber noch die Möglichkeit,
mir deinen Brief zu geben, Lucas..!"
Stille am anderen Ende der Leitung.
„Sie sagte jetzt könne sie in Frieden sterben, weil sie ihr
versprechen eingelöst hat."
Ich warte, immer noch Stille, sehe zu Gwen die mich mit weit
aufgerissenen Augen anstarrt.
„Bist du noch da, Lucas?"
Ich höre ihn atmen.
„Lucas? Sag doch was bitte!"
Immer noch kann ich nur seinen Atem hören.

„Ich weiß das du noch da bist ich höre dich atmen."
„Warst du bei ihr als sie starb, Rosie?"
Mein Herz pocht.
„Kurz vorher waren wir bei ihr."
Wieder Stille in der Leitung.
„Wo bist du Lucas?"
Wieder höre ich ihn nur atmen.
Schaue zu Anna, die sich gerade einem Nachbarn widmet.
„Anna hat nach dir gefragt, sie wollte wissen ob du zur Beerdigung kommst?"
„HmmH" höre ich ihn lachen,
„guter Trick Rosie. Aber wenn alle da sind und ihr ein Essen veranstaltet, dann ist das bereits die Beerdigung."
„Oh," sage ich verlegen,
„dann habe ich eindeutig das falsche Kleid an."
Wieder höre ich ihn lachen.
„Ich werde jetzt auflegen Rosie."
„Nein bitte.."
„Doch!"
„Sag mir erst, bist du noch in Idaho?"
„Idaho? Du hast deine Hausaufgaben gemacht!"
Ich muss schmunzeln.
„Nein Rosie, spare dir die Fahrt, ich bin seit einem Jahr nicht mehr in Idaho."
„Wo dann?"
„Cayden du bist gleich dran, na los beeil dich.."
höre ich im Hintergrund.
„Gleich dran? Womit?"
„Ich leg jetzt auf. Mach´s gut Rosie."
„Lucas, Lucas..Cayden..." rufe ich ins Telefon,
doch zu spät, er hatte aufgelegt.

„Verdammt noch mal.." nimmt Gwen mir den Hörer aus der Hand.
Immer noch stehe ich wie angewurzelt da und starre auf das Telefon.
„ich nehme an er hat dir nicht verraten wo er sich befindet?"
„Nein!"
Ich muss das erst mal verdauen, ist alles zu viel für mich.
Setze mich in eine ruhige Ecke und lese seinen Brief erneut.
Wie kann er nur so was einfach entscheiden, er weiß nicht ob ich mit ihm gegangen wäre, also ist es nicht Fair von ihm zu verlangen ihn nicht weiter zu suchen.
„Alles Ok," setzt sich Gwen neben mich.
„Lass uns nach Hause Fahren, Gwen. Ich möchte gehen."

Tom ist nicht da als ich die Tür aufschließe, die Wohnung ist dunkel, ruhig. Heute ist Sonntag, er ist bestimmt bei Mark.
Ich schmeiße meine Tasche in die Ecke und lege mich ins Bett.
Dort liege ich auch noch am nächsten Morgen, Tom hat mich nicht geweckt. Auf seiner Bettseite liegt eine Nachricht.

Guten Morgen,
du sahst so erschöpft aus.
Ich habe dich schlafen lassen.
Sehen uns heute Abend.
Ich Liebe Dich

Lasse mich zurück fallen. Schließe meine Augen.
Erschöpft? Ja genau, ich bin erschöpft. Greife zu meinem Handy und melde mich krank. Ziehe die Decke über den Kopf, bleibe heute im Bett.
„Hey Mäuschen, was ist denn los?" weckt mich Tom am Abend.
„Ich fühle mich nicht sehr gut."

Er tastet meine Stirn ab.
„Hmm, bisschen heiß.. soll ich dir einen Tee kochen?"
Ich nicke und ziehe wieder die Decke über den Kopf.
Die volle Teetasse steht noch am nächsten Morgen auf meinem Nachttisch. Tom ist schon los zur Arbeit. Ich sollte etwas essen. Habe aber keinen Appetit. Ich hole Lucas´ Brief aus meiner Tasche und setze mich auf das Sofa.
Nehme ein Blatt Papier und fange an zu schreiben.

Ich muss oft an dich denken. Frage mich wie es dir wohl geht, ob du glücklich bist?
Ich war glücklich, bis zu dem Tag.. Als du mir den Ring zukommen ließest..

Bin ich glücklich? Ich weiß es nicht.. war ich jemals glücklich?
Ja das warst du!! jedes mal wenn du mit mir zusammen warst. Dann hast du nur gelächelt, ich habe dich glücklich gemacht.

Weil du in Lucas Brady verliebt warst, ich aber nicht der war den du kanntest.
Wer bist du denn jetzt? Hat sich deine Persönlichkeit mit deinem Namen geändert? Ist Cayden Richards weniger Geheimnisvoll?
Ich bin mir sicher Cayden oder Lucas, deine Augen bleiben Anziehend, undurchschaubar.
So tief Blau und geheimnisvoll wie der Ozean.

Hättest du es verstanden? Hättest du verstanden dass ich gehe?
Nein! Da hast du recht, ich hätte es womöglich nicht verstanden. Aber ich hätte dich gehen lassen, ich hätte auf dich gewartet, in dem großen Haus mit weißem Zaun außen herum. Mit meinem Hund, und jeden Sonntag hätte ich dich angerufen, gleich nach dem BBQ mit den Nachbarn.

Darum bitte ich dich jetzt nicht weiter nach mir zu suchen.
Warum? Warum willst du das denn nicht?

Versprich es mir bitte..
Nein, Lucas.. Das kann ich dir nicht versprechen!
Ich werde dich weiter suchen, ich werde dich finden!
Dass kann ich dir versprechen..

Ich weiß er wird diesen Brief wohl nie erhalten, trotzdem stecke ich ihn in einen Umschlag und schreibe
LUCAS
darauf. Zusammen mit dem ersten lege ich ihn wieder in meine Tasche und gehe zurück ins Bett.
Ich wache auf als Tom meine Stirn abtastet.
„Du bist nicht Heiß, also kein Fieber, Mäuschen. Tut dir der Hals weh?"
„Nein! Ich fühle mich einfach nicht gut."
„Soll ich einen Arzt rufen?"
„Nein Tom, lass mich einfach schlafen..!"
Am nächsten Morgen werde ich wach weil es an der Tür klingelt, sehe auf die Uhr, *6:30 Uhr*
„Hallo Gwen," höre ich Tom sagen,
„danke dass du gekommen bist. Ich muss zur Arbeit und will sie nicht alleine lassen."
Hat er etwa wirklich Gwen angerufen?
„Natürlich, ist doch kein Problem!"
„Was ist denn passiert auf eurem Ausflug?" will Tom wissen.
Ich höre Gwen seufzen.
„Ach Tom, du kennst doch Rosie, ich kümmer mich heute um sie. Geh du ruhig los."
„Gut, danke."
Die Tür schließt sich und ich höre Gwen auf dem Flur vor meinem Zimmer.
Sie läuft ohne Worte herein und reist die Vorhänge auf.
Zieht mir die Decke weg und schmeißt sich neben mich auf das Bett.
„Was soll das eigentlich werden?"
„Was meinst du bitte, Gwen!"
„Na dass," zeigt sie auf das Bett.
„Tom sagte du liegst seit Sonntag im Bett."

„Und?"
„Warum?"
„Ich bin erschöpft, Gwen!" drehe ich mich weg.
„Von was?" dreht sie mich wieder zu sich.
„Von dem hier," fuchtele ich mit den Armen,
„ich will nicht mehr," schreie ich los,
„ich hasse meinen Job, meine Wohnung, habe keine Kinder, kein Haus mit weißen Zaun, keinen Hund, und kein BBQ mit den Nachbarn. Und verheiratet bin ich auch nicht."
Gwen sieht mich erschrocken an.
„Verstehst du denn nicht??"
Immer noch schreie ich.
„Nein Rosie ich verstehe nicht."
„Ich wollte immer ein Haus mit weißem Zaun, ein Hund, zwei Kinder und jeden Sonntag BBQ mit den Nachbarn. Und weil er mir das nicht geben konnte, wollte er nie mit mir zusammen sein.."
Ich schmeiße mich mit dem Gesicht auf das Kopfkissen und schreie los.
„Ahh jetzt, Lucas! Es geht um Lucas. Verstehe."
Ich hebe meinen Kopf,
„Ich habe weder ein Haus, noch Hund oder Kinder. Also war es umsonst, Gwen. Lucas hat umsonst seine Gefühle für mich unterdrückt."
Gwen nickt,
„mag sein, aber du bist noch keine Dreißig, du kannst das alles noch haben."
Erneut lasse ich meinen Kopf in das Kissen fallen.
„datu musch is in ers findn.."
„Was?"
„Dazu muss ich ihn erst finden," hebe ich meinen Kopf und wiederhole.

„Worauf wartest du dann noch?"
Gwen hatte Recht, ich habe viel zu schnell aufgegeben.
„Jetzt geh erst mal duschen, du stinkst!"
Gwen rümpft die Nase und wedelt vor ihrem Gesicht.
Ich schmeiße ihr ein Kissen an den Kopf.
Als ich aus der Dusche zurück komme, steht Gwen vor meinem Sideboard und hält das Foto von mir und Tom in der Hand. Ich stehe hinter ihr und starre es ebenfalls an.
„Du musst es ihm sagen, Rosie."
„Ich weiß,"
nehme ich ihr das Foto aus der Hand und setze mich auf's Sofa.
„Ich weiß nur nicht was ich ihm sagen soll."
Gwen setzt sich neben mich,
„was genau wirst du tun wenn wir Lucas gefunden haben?"
„Ich kaufe mir ein Haus mit weißem Zaun, einen Hund und lasse mir zwei Kinder von ihm machen."
„In der Reihenfolge?" sieht sie mich lächelnd an.
„Nein ich fange mit den Kindern an!" scherze ich.
Gwen klatscht mich ab und nimmt mich in den Arm.
Mir geht es gleich viel besser.
„Und was machen wir heute?" fragt mich Gwen beim Frühstück.
„Fahren wir nochmal nach Texas!"

Es ist bereits weit nach Mittag als wir in Texas ankommen, die Sonne scheint, es ist Heiß. Mein Shirt klebt mir am Rücken von der langen Autofahrt.
„Ahhhh," steigt Gwen aus und streckt sich.
Mabel's Rollläden sind immer noch herunter gelassen, der Rasen wurde allerdings gemäht, das Blumenbeet erneuert, die Rosen zurechtgemacht, der Zaun gestrichen.

Im Vorgarten steht ein Schild
ZU VERKAUFEN
„Sie wollen das Haus verkaufen, Gwen."
Die Tür öffnet sich, eine Frau in einem Lilafarbenen Kostüm winkt uns entgegen.
„Hallo hallo, ich habe gleich Zeit für sie, ich öffne nur noch die Fensterläden."
Verwirrt sehen Gwen und ich uns an.
„Wofür haben sie gleich Zeit?" fragt Gwen schließlich.
„Oh sind sie nicht hier um das Haus anzusehen?!"
„Doch natürlich," stupse ich Gwen an.
„Dann kommen sie bitte herein."
Wir folgen ihr in den Flur des Hauses.
„Hier sind wir dann gleich im großen Eingangsbereich, von dem es in die anderen Zimmern geht," lächelt sie uns an.
„Hier ist ein großes Wohnzimmer gleich rechts," läuft sie hinein.
Mabel´s Möbel wurden mit Plastikplanen abgedeckt.
Die Foto´s sind in Kisten verstaut, neben ihren anderen Sachen.
„Oh lassen sie sich nicht von den Kisten verwirren, die werden bald abgeholt."
Ich lächle und nicke.. Heimlich stecke ich das Foto von Lucas und seiner Oma in die Tasche.
„Gehen wir weiter, hier ist die Küche mit großem Essbereich," führt sie uns weiter.
Auch hier stehen lauter Umzugskisten, in dem Mabel´s Sachen verstaut wurden.
„Toll nicht?!"
„Ja," lächle ich wieder.
„Gleich hier hinten ist das Große Badezimmer," öffnet sie die Tür.
Ich sehe hinein, sehe Lucas darin stehen, wie er sich duscht

und zurecht macht. Wieder muss ich lächeln.
„Hier ist das Schlafzimmer."
„Wow, das ist ja riesig!" gibt Gwen zu verstehen.
„Ja es ist das größte Zimmer, sie können natürlich auch ein Wohnzimmer daraus machen."
Ich stehe vor dem letzten Zimmer, dem Gästezimmer, Lucas´ Zimmer.
„Hier wäre dann noch ein drittes Zimmer."
Sie öffnet die Tür, Lucas´ Anwesenheit ist immer noch zu spüren. Schwach, aber ich spüre ihn.
„Wollen sie zu zweit hier einziehen?"
„Hä?" reist mich Gwen aus den Gedanken.
„Sie beide? Sind sie..?"
„Oh neiiinnn!" protestiert Gwen und fuchtelt mit der Hand.
„Ich suche ein Haus für mich und meinen Freund," sage ich.
Gwen sieht mich kritisch an.
„Er konnte heute nicht mitkommen, da hat mich meine Freundin begleitet."
„Ah, ok. Dann wäre da Platz für ein Kinderzimmer."
„Ja genau," lächle ich sie an,
„wie viel soll es denn kosten?"
Immer noch sieht Gwen mich skeptisch an.
„150000."
„Ich nehme es!"
„Du machst was?" schreit Gwen los.
„Ich nehme es!"
„Entschuldigen sie uns kurz." zieht mich Gwen nach draußen.
„Was soll das bitte..??"
„Gwen es ist DAS Haus!"
„Was?"
Ich laufe zum Zaun,
„und der Zaun ist Weiß."

„Wolltest du nicht mit den Kindern anfangen?"
„Gwen!"
„Du willst also wirklich das Haus seiner Oma kaufen?"
„Ja will ich!"
Die Maklerin tritt zu uns auf die Veranda,
„ist alles Ok?"
„Ja bestens, kann ich es haben?"
„Ich bespreche es mit der momentanen Besitzerin und melde mich bei ihnen, Miss?!"
„Jensen, Rosie Jensen!"
„Gut Miss Jensen, sie hören von mir."
Glücklich steige ich ins Auto.
„Ich bin gespannt wie du das Tom erklären willst."
Unterwürfig sehe ich sie an.
„Oh, verstehe, du willst es ihm gar nicht sagen. Mit Freund hast du Lucas gemeint."
Seufzend starte ich den Motor.

Am nächsten Morgen erhalte ich einen Anruf von Anna.
„Hallo Rosie, bist du die Rosie Jensen die das Haus kaufen will?"
„Ja genau," sage ich glücklich,
„kann ich es haben?"
„Ja natürlich, warum hat Cayden nichts gesagt, dass du es willst?"
Lucas?! Sie hat mit ihm gesprochen!
„Er weiß es nicht!"
„Ah, ok. Das erklärt einiges!"
„Was hat er denn gesagt?" frage ich neugierig.
„Ich habe ihm erzählt, er und ich haben das Haus geerbt. Ich würde es verkaufen und ihm seinen Anteil schicken!"
Mein Herz pocht.

„Wo sollst du das Geld hinschicken?"
„Er will es nicht, weder das Geld noch das Haus."
Das sieht ihn Ähnlich, er wollte nie fremde Sachen haben.
„Rosie da du das Haus kaufst, will ich nur die Hälfte, meinen Anteil. Ich schicke dir alle Unterlagen zu."
„Danke, Anna."
„Bitte, ich bin froh dass es doch in der Familie bleibt."

Zwei Tage später erhalte ich die Unterlagen für das Haus.
Ich unterschreibe die Urkunde und schicke ein Exemplar zur Bank, die Anna das Geld überweist.
Ich schicke Gwen eine SMS mit Foto,
Nun bin ich stolzer Besitzer eines Hauses, mit weißem Zaun außen... :)
Ich schreibe eine TO-DO Liste,

Ein Haus mit weißem Zaun ✓
Ein Hund
Zwei Kinder
Lucas Finden

hake das Haus ab und verstaue alles zufrieden in meinem Schrank.
Glücklich schmeiße ich mich auf das Bett,
ich habe ein Haus gekauft,
Sein Haus...!

Kapitel 3
Sydney Australien

Heute ist der 10. August, es ist Heiß draußen, Tom hat mal wieder keine Lust mit mir raus zu gehen.
„Viel zu Heiß Rosie, lass uns lieber vor der Klimaanlage hocken."
„Nein Danke,"
nehme ich meine Tasche und begebe mich nach draußen. Gwen hat heute viel zu tun, somit muss ich meine Zeit alleine gestalten. Seit ich das Haus gekauft habe, war ich nicht mehr in Texas, doch nur weil mir langweilig ist, werde ich nicht extra die lange Fahrt auf mich nehmen, nein dafür ist es wirklich zu Heiß. Ich konnte Tom die letzten Wochen den Kauf verheimlichen, trotzdem ahnt er etwas. Ich überlege mir die ganze Zeit schon wie ich es ihm sagen soll.
Ich kaufe mir ein Eis und setze mich auf eine Bank. Trotz der Hitze ist die Stadt sehr voll. Hauptsächlich Teenager treffen sich in der City. Mich hat früher die Hitze auch nicht abgehalten shoppen zu gehen. Wenn ich Lust hatte, konnte es auch in strömen regnen, ich war in der Stadt.
Etwa 20 Minuten mit dem Bus, 40 Minuten mit dem Fahrrad und eine Stunde zu Fuß, haben wir in die Stadt gebraucht. Was uns, wie schon gesagt, nie abgehalten hatte, bei Wind und Wetter.
Heute lebe ich hier in der Stadt und bin in 5 Minuten Fußweg in der City, trotzdem bin ich viel zu selten hier. Ich sollte wieder öfters shoppen gehen.
Nach meinem Schaufensterbummel, und das ein oder andere

Geschäft, dass mich doch hinein lockte, will ich gerade wieder nach Hause, als ich an dieses kleine Lädchen gerade. Fast hätte ich es übersehen.. so klein und versteckt in der Ecke hinter einem großen Baum.

Amari

blinkt es mir entgegen.
Ich stehe vor dem Schaufenster, und erblicke Heilsteine, Lavaketten, Chakra-armbänder, Aurasteine..!
Meine Augen leuchten, mein Herz hüpft. Ich betrete den Laden.
„Hallo," sage ich freundlich.
Hinter dem Tresen sieht mich ein junges Mädchen mit schwarzen Haaren und dunklem Teint mit einem leichtem Lächeln im Gesicht an.
„Hier,"
greift sie nach einem Armband und streift es an mein Handgelenk.
„Es wird dir helfen."
Erstaunt sehe ich sie an,
„wobei soll es mir helfen und was ist das?"
Sie nimmt ein zweites Armband mit 7 bunten Steinen und steckt es an mein zweites Handgelenk.
„Das eine sind Lavasteine, es hilft dir bei deinem Neuanfang," zeigt sie auf das Schwarze,
„das hier sind die 7 Chakren-Steine, sie reinigen deine Aura."
Das Mädchen lächelt mich immer noch an,
„jeder der einzelnen Steine steht für ein anderes Chakra in deinem Körper, es gibt dir die Kraft für deine Reise."
„Meine Was?!"
Ich sehe sie immer noch erstaunt an.
„Oh, die Verkaufstechnik ist wirklich klasse,"
sage ich schließlich,

„Was soll es denn kosten?"
„Nichts, ich schenke sie dir!!"
„Bitte??" frage ich wieder erstaunt.
Sie langt mit der einen Hand an mein Herz und der anderen an mein Rücken,
„dein Wurzelchakra ist völlig aus dem Gleichgewicht, deine Seele weint..!"
Nervös reibe ich über die Armbänder.
„Du hast Angst den nächsten Schritt zu tun, bist dir nicht sicher ob es das richtige ist zu gehen?"
WOW reise ich meine Augen weit auf.
„Kannst du das alles aus meinem Chakra erkennen?"
„Ja, ich spüre deine Energie, deine schlechte Energie, die eigentlich nicht zu deinem Wesen gehört, sie blockiert dich..!"
Ich merke wie ich sie anstarre.
Sie lacht laut auf,
„ich werde mich nie an diese Blicke gewöhnen."
„Entschuldige bitte, aber du hast so recht mit dem was du gesagt hast."
Sie nickt mir zu,
„wenn du gefunden hast, was du suchst, dann lass es mich wissen."
Ich bedanke mich bei ihr und verlasse ihren Laden.
Wow denke ich *das war Wahnsinn!*
„Warte,"
höre ich jemand rufen. Als ich mich umdrehe, rennt das Mädchen aus dem Laden auf mich zu.
„Nimm die auch noch, für ihn..!" streckt sie mir eine Lavakette entgegen.
„Für Ihn?" frage ich verwirrt.
„Für die Seele die heute geboren wurde..!"
„Sorry aber ich kenne niemand der heute ein Baby bekommen

hat."
Sie lächelt mich an,
„nicht ein Baby, deine zweite Seele. Die Heute geboren wurde."
„Puhh, ich hoffe du meinst nicht damit dass meine zweite Hälfte 28 Jahre jünger ist und ich jetzt nochmal 18 Jahre auf sie warten muss?"
nehme ich zaghaft die Kette.
Erneut lacht sie Laut auf,
„Nein, sie hat heute Geburtstag,"
dreht sich um und geht wieder.
Ich überlege was heute für ein Tag ist, als ich erstarre...
Heute ist der 10. August, heute ist Lucas´ Geburtstag....

Ich stehe hinter der großen Eiche vor Lucas´ Haus und beobachte wie ich es als Kind immer getan habe. Es hängen Luftballons auf der Veranda, genau wie damals.
Mrs. Bakers richtet den Tisch im Garten, Teller, Gläser, Besteck.
Prue bringt einen Kuchen nach draußen.
Feiern sie etwa seinen Geburtstag?
Sie hat mich bemerkt und läuft auf mich zu.
„Hallo Rosie, willst du auch ein Stück Kuchen?"
„Hallo Prue, was feiert ihr denn?" frage ich.
„Das weißt du doch genau," lacht sie auf,
„deshalb bist du doch gekommen."
Ich muss schmunzeln.
„Kommt er etwa Heim?"
„Nein, aber das hält mich nicht ab seinen Geburtstag zu feiern, das mache ich jedes Jahr."
Prue greift nach meiner Hand und zieht mich mit.
„Na Los komm, es gibt Bananencremetorte."

Lächelnd empfängt mich Mrs. Bakers und richtet mir einen Platz am Tisch.
„Jedes Jahr, also?"
frage ich in die Runde und esse eine Gabel Bananencremetorte.
„Ja," verkündet Prue stolz,
„da weiß er wir denken an ihn. Und wenn er doch kommen möchte, ganz spontan, als Überraschung,"
zeigt sie auf den freien Platz,
„dann ist hier ein freier Stuhl."
Sie schiebt sich auch eine Gabel Kuchen in den Mund und lächelt zufrieden.
„Happy Birthday, Lucas," sage ich zu einem leeren Stuhl.
Greife in meine Tasche und lege die Lava-kette und meinen Brief den ich geschrieben hatte, auf seinen Teller.
„Oh, die ist ja Wunderschön,"
bewundert Prue mein Geschenk.
„Die lege ich zu den anderen Geschenken."
Sie nimmt die Kette und den Brief und rennt ins Haus.
Fragend sehe ich Mrs. Bakers an.
„Wenn Lucas jemals wieder kommt hat er ein Berg von Geschenken zum auspacken, für jedes Jahr seines Geburtstages, Weihnachten und Thanksgiving,"
seufzt sie mir entgegen.
Lächelnd esse ich eine Gabel Kuchen.
„Ich finde das eine tolle Idee," schenke ich mir Kaffee nach.
„Prue erzählte mir, du warst bei seiner Oma als sie starb?"
„Ja Mrs. Bakers, ich habe auch kurz mit Lucas telefoniert, als er nicht damit gerechnet hat."
Sie schmunzelt. Ich schmunzle.
„Es war schön seine Stimme zu hören."
„MhMmm," isst sie eine Gabel voll Kuchen.

„Komm mit Rosie, ich möchte dir etwas geben."
Fragend sehe ich ihr nach als sie das Haus betritt.
Sie öffnet eine Kommodenschublade und zieht ein Foto heraus.
Vorsichtig sieht sie sich nach Prue um.
„Das hier kam letzten Monat mit der Post,"
drückt sie es mir in die Hand.
Es zeigte Lucas am Strand, in einem Neoprenanzug, den er zur Hälfte ausgezogen hatte und somit mit nackten Oberkörper da stand. In der Hand hält er eine Medaille die den 3. Platz zeigte.
Sein lächeln strahlte mich an.
Freudig nehme ich es entgegen.
„Wissen sie den Absender?"
Mrs. Bakers seufzt und dreht sich erneut zur Kommode um.
Holt einen braunen Umschlag heraus und streckt ihn mir ebenfalls entgegen.
„Sydney? Australien?" rufe ich strahlend.
„Schhhht," hält sie mir den Mund zu,
„Prue soll nicht mit bekommen dass ich dir dass gezeigt habe."
„Er ist in Sydney?" flüstere ich.
„Wahrscheinlich, Rosie, zumindest kamen die letzten drei Briefe mit Poststempel aus Sydney."
Mein Herz rast, ich habe einen neuen Hinweis.
Sydney!! strahle ich als ich mich wieder an den Tisch setze.

Am nächsten Morgen fange ich an zu packen...
„Du willst was??"
Gwen sieht mich entgeistert an.
„Nach Sydney fliegen," sage ich zielsicher.
„Alleine?"
„Ja, außer du möchtest mich begleiten?!"
Gwen´s Blick fixiert mich, sie versucht herauszufinden ob ich sie veräpple oder es wirklich ernst meine.

„Ok," meint sie schließlich,
„kannst du noch zwei Wochen warten? Dann habe ich Urlaub."
„Nein,"
hieve ich meinen Koffer vom Schrank herunter,
„kann ich nicht. Wer weiß wie lange Lucas noch in Sydney ist?!"
Schmeiße ihn auf das Bett und fange an alle meine Kleider hinein zu werfen.
Gwen beobachtet mich dabei.
„Rosie, ich kann nicht einfach früher in Urlaub wie geplant. Ich brauche immer eine Ersatzpflegekraft die sich um meine Patienten kümmert wenn ich nicht da bin!!"
„AHMM."
„Rosie, hörst du mir zu?"
Ich bin bereits im Badezimmer und packe meine Kosmetika in den Kulturbeutel.
„ROOSIEE!" hält Gwen mich auf.
„Jetzt überlege doch erst mal in Ruhe, was ist mit deiner Arbeit? Kannst du so einfach in Urlaub fahren?" versucht sie mich zur Vernunft zu bringen. Hält dabei meine Hände fest.
„Nein!" reiße ich mich los,
„ich habe gekündigt..!"
„Du hast was??"
„Gekündigt," laufe ich an Gwen vorbei und lege den Kulturbeutel in den Koffer.
Entsetzt sieht sie mich an.
„Ich weiß doch nicht wann ich wieder komme," schließe ich den Koffer.
„Und was ist mit Tom??"
„Was soll mit ihm sein?"
„Hast du es ihm endlich erzählt?"

„Ja heute Morgen, ich sagte dass ich eine Auszeit brauche!"
„Und wie hat er reagiert?"
„Er meinte wir reden heute Abend über alles, Gwen ich muss jetzt gehen, mein Flug geht in Vier Stunden, wenn du mit willst kannst du das gerne machen..!"
Sie starrt mich nur an.
„Gut du kannst auch nachkommen."
Ich packe meinen Reisepass in die Tasche und ziehe meine Schuhe an.
„Du meinst das wirklich ernst?"
„Ja Gwen das tue ich!"

Nach etwa 21 Stunden Flug lande ich in Sydney, es ist Kühl, regnet. Als ich zu Hause los flog, waren es tropische Temperaturen um die 38° C. Die Temperaturanzeige des Flughafens zeigt mir gerade mal 17°C Außentemperatur. Ich stehe in meiner Knappen Shorts und Träger-Shirt mit Gänsehaut an der Passkontrolle und werde belächelt.
„Angenehmen Aufenthalt, Miss.."
Ich lächle, und gehe erst mal zur Toilette mich umziehen.
In all der Hektik vergaß ich, es ist Winter in Sydney..!!
Im Hotel angekommen wird mir erst bewusst was ich getan habe. Ich bin Hals über Kopf einfach abgehauen, habe meinen Job gekündigt und sitze jetzt in Sydney ohne zu wissen wie es weiter gehen soll. Seufzend hole ich das Foto von Lucas, dass mir Mrs. Bakers gab, aus der Tasche und studiere es genau.
Im Hintergrund kann ich eine Strandbar erkennen. Einer der Männer neben Lucas hält ein Surfbrett in der Hand.
Das ist doch mal ein Anhaltspunkt. Ich nehme meine Tasche und begebe mich in die Lobby.
„Entschuldigung,"
frage ich an der Rezeption. Die Dame lächelt mich höflich an.

„Erkennen sie diese Strandbar?"
Ich halte ihr das Foto entgegen.
„Oh, das kann man schlecht erkennen, Miss."
Ich seufze.
„Aber wenn es ein aktuelles Foto ist.."
„Ja gerade ein paar Wochen alt," antworte ich Hoffnungsvoll.
„Dann kann es nur der Strand von Manly sein."
Freudig sehe ich sie an.
„Dort fand letzten Monat ein Surfcontest statt."
„Wie komme ich am schnellsten dort hin?"
Die Dame holt mir eine Landkarte und faltet sie auf.
„Sie laufen hier die Straße entlang, dann nach rechts, dann kommen sie direkt nach Harbour, etwa 20 Minuten zu Fuß. Von dort fährt eine Fähre nach Manly."
Aufmerksam höre ich ihr zu.
„Vielen Dank,"
nehme ich die Karte und mache mich auf den Weg.
Etwa 50 Minuten später sitze ich in der Strandbar und bestelle mir ein Sodawasser. Beobachte den Strand. Kann mir gut vorstellen wie Lucas hier surft. Am hinteren Eck der Bar erkenne ich verschiedene Foto´s. Es sind Touristen auf Party´s der Bar. Ich sehe sie mir genauer an, als ich erstarre.
Auf einem ist Lucas. Er raucht eine Zigarette und lächelt in die Kamera. Ich nehme es von der Wand. Werde dabei vom Barkeeper beobachtet. Verlegen lächle ich ihn an und laufe auf ihn zu.
„Kann ich das haben," frage ich vorsichtig.
Auf seinem Gesicht macht sich ein breites Grinsen bemerkbar.
„Warum?"
sieht er mich an und lehnt sich auf den Tresen.
„Ich kenne ihn!"
„Sicher..!"

lutscht er an einer Zitronenscheibe.
„Ich bin auf der Suche nach ihm!"
„Aha!"
Ich verdrehe die Augen,
„kann ich es jetzt haben?"
„Wie heißt du?" richtet er sich wieder auf.
„Warum ist das wichtig?" frage ich überrascht.
„Damit ich Cayden sagen kann, wer sein Foto unbedingt wollte."
Entsetzt sehe ich ihn an,
„heißt das er ist noch in Sydney?"
Wieder beugt er sich zu mir,
„also verrätst du mir deinen Namen?"
„Sagst du mir dann wo er ist?" stelle ich eine Gegenfrage.
Er muss auflachen,
„kommt darauf an?!"
„Auf was?"
Er sieht mich nur fragend an, ich halte seinen Blick, sein lächeln lässt mich etwas schwindelig werden.
„Rosalyn," gebe ich schließlich nach,
„Rosalyn Jensen."
„Also gut Rosalyn Jensen, du kannst es haben."
„Und wie heißt du?"
„Wieso willst du das denn wissen, Rosalyn?"
„Damit ich Cayden sagen kann wer mir sein Foto geschenkt hat," lächle ich zuckersüß.
Er lächelt zurück und steckt sich einen Zahnstocher in den Mund.
„Ich heiße Dylan," streckt er mir seine Hand entgegen.
„Sehr erfreut, Dylan. Sagst du mir jetzt wo er ist?"
Wieder lächelt er mich nur an.
„Bitte..?!"

„Bist du so ne verrückte Stalkerin?"
„Was?" frage ich entsetzt.
„Warum suchst du ihn?"
„Ich kenne ihn aus der Schule..!"
Dylan sieht mich nur an, er glaubt mir wohl nicht.
Ich hole das Surffoto von Mrs. Bakers und zeige es ihm.
„Das habe ich von seiner PflegeMom, er hat es ihr letzten Monat geschickt."
„Oh ja, das war der Surfcontest.." lächelt Dylan.
Ich zeige ihm das Foto dass Betty mir damals per Mail schickte.
„Und hier sind wir als Kinder, siehst du?"
Er studiert das Foto und sieht mich fragend an.
„Warum rufst du ihn nicht einfach an? Wenn seine Mom dir gesagt hat er wäre in Sydney, dann hätte sie dir ja auch seine Nummer geben können..?"
Seufzend packe ich die Bilder in meine Tasche.
„Kennst du Cayden denn wirklich?" frage ich schließlich.
Wieder lächelt mich Dylan nur an.
„Bitte Dylan.. sag mir wo er ist?"
„Warum ist dir das so wichtig?"
„Ich muss ihm was sagen, das geht aber nur persönlich."
Dylan lacht laut auf,
„bist du Schwanger?"
„Was? Nein!" protestiere ich,
„wie denn auch. Ich habe ihn seit Zehn Jahren nicht gesehen."
„Ok Rosalyn, komme morgen nochmal her."
„Morgen, und dann?"
„Dann werde ich dir sagen wo er ist..!"
Zufrieden und zuversichtlich Lucas am nächsten Tag zu sehen begebe ich mich zurück nach Sydney zu meinem Hotel.
Mein Handy vibrierte am laufenden Band, Tom versucht mich

zu erreichen. Es muss doch schon mitten in der Nacht bei ihm sein?
Erschöpft lasse ich mich in das Bett fallen und verschlafe den Rest des Tages.
Als ich wieder aufwache ist es bereits dunkel. Ich setze mich auf die Terrasse, lege mir eine Decke um die Schultern und schreibe Gwen eine SMS in der ich ihr von Dylan und unserem Gespräch erzähle.
Nach dem ich mir die Sterne angesehen habe lege ich mich wieder zurück ins Bett.
Am nächsten Morgen, gleich nach dem Frühstück mache ich mich wieder auf den Weg zu Dylan.
Heute ist mehr los als gestern. Trotz der kühlen Temperatur, sind einige draußen am Surfen.
Freudig öffne ich die Tür und setze mich zu Dylan an die Bar.
„Du bist aber Früh dran," empfängt er mich.
„Also?" sage ich.
„Also?" antwortet er.
„Wo ist er?"
Mit hochgezogenen Augenbrauen und einem Seufzer sieht er mich an.
„Das darf ich dir nicht sagen, Rosie..!"
„Rosie?" frage ich überrascht.
Habe ich mich doch mit Rosalyn vorgestellt.
„Ja du heißt doch Rosie..?" sieht er mich fragend an.
„Woher weißt du...Oh verstehe..!"
Ich verstand wirklich, aber erst jetzt. Hat mich Dylan gestern weg geschickt weil er erst Lucas´ Erlaubnis einholen wollte?
„Er sagte mir ich solle dich wieder Heim schicken."
Ok er hat mit ihm geredet.
„Nein!! ich gehe hier nicht weg ehe ich weiß wo Lucas ist!!" schreie ich ihm entgegen.

„Hmmm, Lucas, was?"
„Cayden ich meine Cayden!"
„Rosie, er will dich nicht sehen."
„Weißt du wo er ist?"
„Ja!"
„Hast du seine Nummer?"
Stur starre ich in Dylan´s Augen.
„Ja," antwortet er vorsichtig.
„Gut dann rufe ihn an und sage ihm ich gehe nicht bevor ich ihn gesehen habe, oder mit ihm gesprochen..!"
Einige der Gäste belauschen unser Gespräch, beobachten uns.
„Na los, worauf wartest du?" fordere ich ihn auf.
Seufzend holt Dylan sein Handy und tippt eine Nummer.
„Ich bin´s, du hattest Recht, eine harte Nuss. Nein will sie nicht. Erst will sie dich sehen. Dann rede, nein sag ihr das selbst.."
Er hat ihn wirklich am Telefon.
„Cay sie will hier erst weg wenn sie mit dir gesprochen hat. Soll sie auf dem Tresen schlafen? Am Strand? Hier ist es Winter schon vergessen?"
Scheinbar möchte Lucas nicht mal mit mir reden.
„Nein, Cay, ach weißt du was?"
Dylan streckt mir das Handy entgegen. Mit aufgerissenen Augen nehme ich es in die Hand. Halte es an mein Ohr.
„Weiß ich was? Dylan bist du noch da?"
höre ich seine Stimme,
„hallo??"
„Hallo Lucas!" sage ich energisch.
Dylan sieht mich fragend an.
„Fuck," fängt Lucas zu fluchen an,
„war ja klar dass er das macht."
„Ja und wage es nicht jetzt einfach aufzulegen," drohe ich ihm.

„Sonst was, Rosie?"
„Ich schwöre wenn ich dich gefunden habe dann.."
Lucas lacht,
„du gibst nicht auf, was?"
„Nein!"
„Ok Rosie was willst du?"
„Wissen wo du bist?"
„Ja das weiß ich bislang, aber warum willst du das wissen?"
„Ich will das nicht am Telefon sagen.."
„Hmmm," höre ich ihn seufzen.
„Warum willst du nicht das ich dich finde?"
„Das habe ich dir im Brief doch mitgeteilt?"
„Das ist schwachsinnig.." schreie ich hinein,
„überlasse es bitte mir wie ich mein Leben leben möchte."
Schweigen in der Leitung. Ich höre ihn atmen.
„Was würdest du tun wenn du mich gefunden hast?"
fragt er nach einer gefühlten Ewigkeit.
„Meine Liste abarbeiten!" grinse ich.
„Liste, welche Liste?"
„Meine To-Do Liste, Ein Haus mit weißem Zaun, Ein Hund, Zwei Kinder, Lucas Finden."
„Hmm," höre ich ihn lachen.
„Nur zu deiner Information, das Haus habe ich schon."
„Wirklich?"
„Ja, und jetzt würde ich dich gerne finden und dann mit den Kindern weiter machen, den Hund suchen wir dann gemeinsam aus."
Wieder muss er lachen. Im Hintergrund höre ich eine Kirchturmuhr sieben Mal schlagen. Sehe auf die Uhr, hier ist es gerade 11 Uhr morgens.
„Ist es bei dir Tag oder Nacht?" frage ich.
„Was soll das jetzt, Rosie?"

„Tag oder Nacht?" frage ich erneut.
Dabei sehe ich zu Dylan der aufmerksam lauscht.
„Ich liebe dich, Lucas," sage ich leise.
„Ich liebe dich auch Rosie."
„Dann beantworte bitte meine Frage."
„Es ist Tag!"
„Nicht diese Frage!"
Wieder muss er lachen.
„Gib mir Dylan bitte..!"
Ich reiche ihm sein Handy und stütze meinen Kopf auf den Tresen.
„Ok mach ich, bis dann..!" sagt Dylan bevor er auflegt, fragend sieht er mich an.
„Lucas?"
Lächelnd rutsche ich von meinem Stuhl,
„danke Dylan!"
und gehe zurück in das Hotel.
*Wenn es sieben Uhr morgens bei ihm ist und hier ist es elf Uhr, dann ist er....*google ich auf meinem Handy.
„AAAHHHHH," schreie ich in das Kissen,
„das kann doch nicht Wahr sein!"
So komme ich nicht weiter, wieder führt mein Weg mich zum Strand von Manly. Es ist bereits nach Mittag, jetzt befinden sich einige Touristen und auch Einheimische in Dylan's Bar zum Lunch.
„Hallo," spreche ich die Leute an,
„kennen sie ihn?" und zeige sein Foto.
Doch mehr wie ein Kopfschütteln bekomme ich nicht zu hören.
„Rosie, lass das bitte!" fordert mich Dylan auf.
„Was denn?"
„Du belästigst meine Gäste!"
„Belästigen? Ich frage doch nur ob sie Lucas kennen!"

Dylan sieht mich ernst an.
„Ich meine Cayden!"
„Schon gut, ich weiß über die Lucas Geschichte bescheid."
„Hat er es dir erzählt?" setze ich mich zu ihm an die Bar.
„Ja! Und auch alles andere!"
„Alles andere?" frage ich neugierig.
Dylan nimmt meine Hand und sieht sich den Ring an.
„Der Ring, der Brief, seine Eltern..!"
„Hast du ihn nochmal angerufen?"
„Ja gleich nach dem du weg warst."
Dylan muss lachen,
„er wusste du kommst wieder."
„Bitte Dylan, ich muss wissen wo er ist!"
Hinter Dylan steht heute eine junge Frau und spült die Gläser. Sie beobachtet uns. Sieht schamhaft weg als sich unsere Blicke treffen.
„Ok, dann bleibe ich einfach hier sitzen und warte!"
sage ich und setze mich an einen Tisch am Fenster.
„Auf Was?"
„Bis er zurückkommt..!"
Kopfschüttelnd widmet sich Dylan seinen Gästen zu.
Ich sehe auf die Uhr, geschlagene Vier Stunden sitze ich bereits hier und werde von Dylan ignoriert. Ab und zu stellt er mir ein Glas Wasser auf den Tisch, geht aber ohne Worte wieder.
Das Mädchen tuschelte schon ein paar Mal mit ihm.
„Nein, Carmen. Er will es nicht," konnte ich einmal lauschen.
Mittlerweile sind es sechs Stunden, draußen ist es schon Dunkel und die Band spielt, heute sind es milde 20°C. Für mich herrlich, für die einheimischen ein warmer Wintertag.
Ich nehme mir eine Decke und setze mich an den Strand.
Ich habe sie gar nicht bemerkt, das Mädchen aus der Bar.
„Hallo."

Erschrocken drehe ich mich um.
„Hallo," sage ich freundlich,
„ich bin Rosie."
„Carmen," setzt sie sich neben mich.
„Es hat keinen Sinn zu warten."
„Bitte?" frage ich verwirrt.
„Auf Cayden! Er kommt nicht wieder nach Sydney!"
„Woher willst du das wissen?"
„Er hat es mir gesagt."
Ich sehe Carmen an, sie ist hübsch, lange schwarze Haare, einen vollen Mund, große dunkle Augen.
„Ich habe ihn angefleht zu bleiben," fährt sie fort,
„doch es war einfach zu viel passiert zwischen uns und er wollte nicht mehr."
Meine Augen weiten sich.
„Schön dich endlich mal kennenzulernen, Rosie!" lächelt Carmen.
„Ich verstehe nicht!"
„Ich wusste immer da ist eine andere Frau in seinem Leben, er hat es nie gesagt, aber ich konnte es spüren."
„Du und Cayden, wart ihr ein Paar?" frage ich vorsichtig.
Carmen nickt,
„ja etwa ein halbes Jahr."
„Verdammt, „ fluche ich.
„Tut mir leid..!" sieht sie mich an.
„Nein ich meine er war über ein halbes Jahr hier und ausgerechnet jetzt wo ich da bin wollte er gehen."
Wir müssen beide lachen.
„Hawaii," sagt sie schließlich.
Erstaunt sehe ich sie an.
„Cayden ist in Hawaii?"
Carmen nickt,

„Honolulu, aber du weißt es nicht von mir, Dylan reißt mir sonst den Kopf ab."
Ich quietsche und klatsche in die Hände,
„danke, danke, danke!"
Aufgeregt renne ich zurück in die Bar, werfe Dylan etwas Geld für meine Getränke auf den Tresen und will gerade wieder hinaus.
„Willst du etwa gehen, Rosie?" ruft er mir hinterher.
„Ja, das will ich, ich muss einen Flug buchen."
„Wieder nach Hause?" kommt er auf mich zu.
„Nein, Hawaii!" grinse ich ihn an.
„Wie, äh, hast du.." stottert Dylan als Carmen die Bar betritt,
„du hast es ihr erzählt..!" schimpft er sie aus.
Achselzuckend läuft sie an uns vorbei.
Ich küsse Dylan auf den Mund, erstaunt sieht er mich an.
„Danke Dylan, danke für alles..!"

Kapitel 4
Hawaii

Wieder bin ich falsch angezogen als ich aus dem Flugzeug steige. Auf Hawaii sind es herrliche 32°C. Die Sonne scheint. Ich habe einen günstigen Flug erhalten und bin gleich am nächsten Tag geflogen. Gwen konnte ihren Urlaub verschieben und freut sich dass unser Reiseziel jetzt Hawaii ist, sie soll in den nächsten Stunden landen. Ich habe ein Zimmer für uns im Aston Waikiki Beach Hotel gebucht. Ein Hotel direkt am Strand.
Gute Surfmöglichkeiten am etwa 200 Meter entfernten Strand von Kūhiō Beach,
lockte das Reisebüro in ihrer Beschreibung.
Ich will zwar nicht Surfen aber die Surfer kennen sich bestimmt untereinander, also werde ich Lucas dort finden. Es ist ein traumhafter Strand. Das Wasser glasklar, der Sand fein und weich. Ich setze mich unter eine Palme und beobachte die Surfer, Einheimische. Dunkel und braungebrannt. Wie sie auf den Wellen reiten, abstürzen, wieder aufsteigen und bis zum Strand sich treiben lassen, dieser Anblick ist sehr beruhigend. Ich merke wie mich etwas am Rücken kitzelt und drehe mich ruckartig um.
„Hey, wer bist du denn?"
Ein kleiner braun-weiß gefleckter Hund springt mir in die Arme. Leckt mein Gesicht ab. Ich muss lachen und lege mich zurück.
„Ohana, lass das.." werden wir unterbrochen.
Ich sehe auf, ein einheimischer Junge sieht mich lächelnd an.

„Entschuldige bitte sie liebt Touristen, da gibt es immer Leckerli´s."
„Das ist kein Problem, ich liebe Hunde," streichle ich sie weiter,
„Ohana, ein sehr schöner Name."
Der Junge läuft weiter und pfeift als Ohana aufspritzt und zu ihm auf das Surfbrett springt, gemeinsam reiten sie auf einer Welle.
Es ist mitten in der Nacht als Gwen endlich landet. Freudig rennt sie mir in die Arme.
„ROOOSIIEE, ich habe dich vermisst."
„Aloha," hänge ich ihr eine Blumenkette um den Hals.

„Und? Wohin wollen wir als erstes?"
Darüber hatte ich mir noch keine Gedanken gemacht, das ganze Frühstück über, überlege ich wie wir vorgehen könnten.
„Erstmal zeige ich dir den Strand."
Die Wellen sind heute ruhig, es ist Windstill, auf dem Wasser sitzen ein paar Jungs auf ihren Brettern und warten.
„Meinst du er ist hier?" fragt mich Gwen.
Ich hoffe es..
Wir setzen uns in den Sand und lauschen dem Meer als wir wieder Besuch erhalten.
„Ohana," freue ich mich und kraule sie am Bauch.
„Sie scheint dich zu mögen,"
setzt sich der Junge von gestern neben uns.
„Hallo ich bin Kalani," streckt er uns seine Hand entgegen.
„Und Ohana kennt ihr ja schon."
„Jaaaa, dich kenn ich schoonn," schmuse ich weiter mit Ohana.
„Seit ihr auf Urlaub hier?"
„Äh ja," sieht Gwen mich an,
„so in etwa."

„Dann einen schönen Urlaub," verabschiedet sich Kalani wieder und paddelt zu den anderen auf's Meer.
„Wir könnten uns doch an ihn hängen?" schlägt Gwen vor, „vielleicht hilft er uns Lucas zu finden."
Ich lächle sie nur an,
„sicher!"
Nach dem Abendessen begeben wir uns noch mal zum Strand. Unten an der Strandbar findet ein Lagerfeuer statt. Kaum haben wir uns auf einen der Baumstämme gesetzt, werde ich auch schon von meinem neuen pelzigen Freund begrüßt.
„Hallo, schön dass ihr auch hier seit," gesellt sich Kalani zu uns.
„Hallo!" lächelt Gwen Zuckersüß.
„Dein Hund ist wirklich zauberhaft," kuschle ich mit Ohana.
„Oh, das ist nicht mein Hund!"
„Nicht??" sehe ich ihn überrascht an.
„Nein, sie ist ein Straßenhund, wir kümmern uns nur um sie!"
„Wir?" fragt Gwen immer noch zuckersüß.
„Ja, wir Surfer!" lächelt Kalani zurück,
„sie schläft am Strand und da wir jeden Tag hier sind, kommt sie immer mit."
„Sie ist Obdachlos?" sage ich entsetzt,
„das ist ja schrecklich..!"
„Ja, aber ich darf sie nicht mitnehmen. Meine Schwester ist Allergisch auf Hunde."
„Gibt es denn niemand der sie mit nach Hause nehmen kann?" sehe ich ihn fragend an.
„Na ja, die letzten sechs Wochen hatte sie ein zu Hause, aber er ist wieder abgereist und konnte sie nicht mitnehmen."
„Oh wie schade...!" drücke ich meinen Kopf an Ohana.
„Ja seit zwei Tagen muss sie wieder am Strand schlafen."
„Nein, muss sie nicht, ich werde sie Adoptieren."

Kalani sieht mich freudig an,
„wirklich? Das wäre Toll! Sie verdient ein gutes zu Hause..!"
Glücklich lächle ich Gwen an, die mit dem Finger einen Haken
in die Luft macht.
Jetzt fehlen mir nur noch zwei Punkte auf der Liste..
Ich zeige Kalani Lucas' Foto in der Hoffnung er könne mir
weiter helfen.
„Ja ich kenne ihn, er ist aus dem Surfcamp, unten am Queens
Beach."
„Surfcamp?" fragt Gwen,
„ist das so was wie ein Zeltlager?"
Kalani lacht,
„ich weiß zwar nicht was ein Zeltlager ist, aber im Surfcamp
trainieren die Profi's für ihre Wettkämpfe."
„Die Profi's Gwen," stupse ich sie an,
„er ist ein Profi."
„Kommt er auch an diesen Strand?" fragt ihn Gwen.
„Manchmal, er war vor zwei Wochen ungefähr jeden Tag hier,
aber seit letzter Woche habe ich ihn nicht mehr gesehen."
Kalani lacht laut auf,
„zum Glück, er stiehlt mir immer die Show."
Fragend sehe ich ihn an.
„Na ja er ist sehr gut im surfen, sieht gut aus und die Mädchen,
ihr wisst schon..!" fährt sich Kalani verlegen durch die Haare.
„Ja, das kann ich mir gut vorstellen..!" muss ich zugeben.
Am nächsten Morgen begeben wir uns an den Queens Beach
und besuchen das Surfcamp. Mehrere Surfer sitzen am Strand
und unterhalten sich. Ohana scheint die Jungs zu kennen, denn
sie ist ganz aus dem Häuschen als sie sie erkennt. Sie zerrt
mich an der selbstgebastelten Leine in ihre Richtung.
„Hey, süße..!" wird sie empfangen.
„Hallo," sage ich freundlich,

„ist Cayden da?"
Mein Herz pocht, die Jungs starren mich an als hätten sie noch nie eine Frau gesehen. Sie grinsen sich gegenseitig an.
„Hey Kimo," ruft einer der Jungs zur Hütte,
„sie sucht Cayden!"
Der Junge den sie Kimo nennen, lächelt mich an und winkt uns zu sich. Wieder ist Ohana ganz aus dem Häuschen, sie reißt sich los und rennt in die Hütte.
„Bist du Rosie?" fragt er als wir vor ihm stehen.
Aufgeregt nicke ich.
„Dann komm rein."
Ohana befindet sich bereits im inneren der Hütte und liegt selig in einem der zwei darin stehenden Betten.
„Ohana, nein, was soll denn das?" ermahne ich sie.
„Schon gut, sie kennt das Bett..!"
„War sie schon öfters hier?" hebe ich Ohana aus dem Bett.
„Natürlich, sie wohnte hier!" lächelt er uns an.
„Dann ist das eigentlich dein Hund," fragt ihn Gwen.
„Nein," dreht sich Kimo zur Kommode und öffnet die Schublade,
„er hatte sie mitgebracht."
„Wer?" fragen wir synchron.
„Cayden!" streckt er mir einen Umschlag entgegen,
„ich soll dir den hier geben wenn du kommst!"
„Er ist also schon wieder weg.." lässt sich Gwen auf das Bett fallen.
Ich drücke Gwen, Ohana in die Arme und nehme den Brief an mich. Meine Hände zittern, wie in Trance verlasse ich die Hütte und setze mich auf die Stufen.

Hallo Rosie,
ich wusste Dylan kann deinem Lächeln nicht lange widerstehen und wird dir verraten wo ich bin.
Sicher brauchst du auch hier nicht lange um herauszufinden wo ich die letzten Wochen war.
Ich muss viel an dich denken die letzte Zeit.
Du hast Recht, es ist dein Leben und ich kann dir nicht sagen was du tun sollst. Willst du denn immer mit mir kommen? Gerade wenn du dich an die Leute gewöhnt hast, gleich weiter? Willst du nicht lieber in deinem neuen Haus leben und eine Familie gründen? Nach unserem letzten Gespräch wollte ich wirklich auf dich warten, hier am Strand von Honolulu. Doch ich habe einen neuen Hinweis auf den Aufenthalt meiner Eltern erhalten und musste gleich los, bitte folge mir nicht wieder.
Bitte Rosie...
Ich liebe dich, ich werde es immer tun.
Lass mich gehen, erfülle dir deinen letzten Wunsch mit einem der dich wirklich verdient, der dir zwei wunderschöne Kinder macht und mit dir einen Hund kauft, streiche *Lucas Finden* von der Liste und lebe dein Leben...!

        Lucas

Tränen steigen in meine Augen, die Jungs beobachten mich, einer bringt mir Taschentücher und setzt sich neben mich. Ohne Worte sitzt er einfach nur so da. Lächelt als ich ihn ansehe.
„Weißt du wo er ist?" frage ich verheult.
„Nein," schüttelt er seinen Kopf,
„er bekam Besuch von einem Mädchen, ich dachte erst das wärst du."
„Was für ein Mädchen?"
„Keine Ahnung, sie haben sich umarmt und als sie wieder ging, packte er seine Sachen und sagte er müsse sofort weg."
Wieder fange ich an zu heulen.
„Komm lass uns gehen!" tritt Gwen neben mich und setzt Ohana in den Sand.

Heute ist eine klare, laue Sommernacht, der Wind weht mir durch das Haar. Eine warme Sommerbrise. Ich sitze am Strand und schaue auf das Meer hinaus. Hinter mir ertönen leise die Klänge der Band aus der Hotelanlage. Ich schließe meine Augen und gebe mich der Musik hin, schwinge langsam im Takt. Genieße den Moment. Für einen Moment möchte ich nicht daran denken, für einen Moment möchte ich einfach nur die Musik genießen, für diesen Moment...
Soviel ist passiert in den letzten Wochen, soviel habe ich aufgegeben. Werde ich ihn jemals finden?
„Was jetzt?" setzt sich Gwen neben mich.
„Ich hab keine Ahnung!"
„Kimo erzählte mir, er hätte niemandem gesagt wo er hin gegangen ist."
Traurig sehe ich Gwen an,
„das baut mich nicht besonders auf."
Ich lege mich zurück und decke mich mit meiner Weste zu.

Ohana kuschelt sich neben mich, beobachte die Sterne.
„Wo bist du, Lucas?"

Zwei Tage später reisen wir wieder nach Hause. Ohne weiteren Hinweis..!
Mein Leben ist binnen 4 Monate zerbrochen. Dachte ich früher, ich führe ein erfülltes Leben, habe ich jetzt das Gefühl ich bin alleine auf der Welt. Tom hat es aufgegeben mich anzurufen, meine Sachen wurden in einem Lagerhaus eingelagert.
„Habe es für 6 Wochen gemietet, du hast also genug Zeit alles abzuholen, ich hoffe du wirst glücklich.. Tom,"
dass war die letzte SMS die er mir schickte.
Ich atme tief ein und öffne die Tür zum Lagerhaus.
Meine Sachen stehen fein säuberlich an der Wand aufgereiht, die Kleidung in Kartons gepackt, die Möbel in Planen gehüllt.
„Hier steht mein Leben der letzten 2 ½ Jahren,"
sage ich als Gwen hinter mir erscheint.
Seufzend tätschelt sie meine Schulter und beginnt die Kartons in den Umzugswagen zu räumen. Weh mutig helfe ich ihr.
„So, das war der Letzte Karton," stellt sie ihn in den Wagen.
Ich setze mich in mitten des leeren Lagerraumes und starre meine Sachen im Wagen an.
Wie soll es jetzt weiter gehen? Mit einer Flasche Sekt und zwei Pappbecher in der Hand setzt sich Gwen neben mich und öffnet ohne Worte die Flasche.
„Auf dein neues Leben," hält sie mir ein gefüllten Becher entgegen.
Lächelnd nehme ich ihn.
„Was für ein neues Leben?"
„Das was jetzt beginnt," sagt sie,
„auf unsere Wohngemeinschaft, und auf unsere Freundschaft."

Kapitel 5
Die Blumen an ihrem Grab

Es sind bereits 8 Wochen vergangen, seit ich aus Hawaii zurück bin. 8 Wochen seit Gwen bei mir in Texas eingezogen ist. Seit 8 Wochen habe ich nichts mehr von Lucas gehört. Bei meinem täglichen Spaziergang mit Ohana, komme ich auch an dem Friedhof vorbei, wie jeden Tag werde ich auch heute an Mabel´s Grab halt machen um ihr Blumen aus ihrem Garten zu bringen. Schon von weitem konnte ich es sehen, kaum habe ich den Friedhof betreten. Es war nicht zu übersehen, nicht Heute. Ich traue meinen Augen kaum, Mabel´s Grab ist übersehen mit weisen Lilien und gelben Nelken. Ein riesiges Blumenbukett steht daneben und ein Mann räumt weitere Blumen aus seinem Wagen.
„Was ist denn hier los?" frage ich überrascht.
„Ja, ich weiß. Eine Verschwendung nicht wahr?"
Mit offenem Mund sehe ich ihn an.
„Von wem sind die Blumen?"
„Oh das weiß ich nicht, ich habe nur den Auftrag bekommen, die Blumen an diesem Grab abzustellen."
Immer noch starre ich auf das Blumenmeer.
„Schöner Tag noch,"
lässt er mich stehen und fährt davon.
Ich stelle meinen Strauß an den kleinen freien Platz auf dem Grab. Bei all den Blumen sieht er heute so mickrig aus. Leicht zu übersehen. Auf dem nach Hause Weg überlege ich angestrengt, wer Mabel diese Blumen geschickt haben könnte.
„Wir könnten den Floristen aufsuchen?"

schlägt Gwen vor, als ich ihr die Bilder vom Grab zeige.
Gesagt, getan! Am nächsten Morgen stehen wir vor Florist
Blütenstaub um uns nach dem Auftraggeber zu erkundigen.
„Oh, hier habe ich den Auftrag,"
kommt die Floristin aus dem Büro.
Sie zeigt uns eine Seite aus einem Auftragsbuch.
„War ein telefonischer Auftrag, kam aus dem Ausland,"
erklärt sie uns,
„wurde per Vorkasse überwiesen."
Sie lächelt uns dabei an.
„Aus dem Ausland??" frage ich überrascht.
„Ja!"
„Könnte das Lucas sein?" richte ich mich an Gwen.
Sie zuckt nur mit den Schultern.
„Oh nein,"
meint die Floristin,
„sehen sie hier,"
zeigt sie uns einen Namen,
„er nannte sich Jeff, Jeff Richards."
„JEFF," sehen wir uns entsetzt an,
„wissen sie wo genau die Überweisung her kam?"
Skeptisch sieht sie uns an und nimmt uns den Auftrag wieder
aus der Hand.
„Das darf ich ihnen nicht sagen."
„Ja natürlich!"
Ich bedanke mich bei ihr und wir verlassen ihren Laden.
Gerade als ich Gwen die Blumen am Grab zeigen wollte,
entdecken wir einen Gärtner der Mabel´s Grab in Ordnung
bringt und die Blumen einpflanzt.
„Hallo," begrüße ich ihn.
„Hallo," lächelt er uns an.
„Was tun sie da?" frage ich ihn verwundert.

„Meine Arbeit, Miss."
Er dreht sich um und beginnt die Lilien um das Grab zu drapieren.
„Wer hat ihnen diesen Auftrag erteilt?"
Kniend schaut er zu mir auf und wischt sich den Schweiß von der Stirn.
„Ihr Sohn, Miss."
„Jeff?" frage ich neugierig.
Der Gärtner steht auf und zieht seine Handschuhe aus.
„Ja, Miss. Ich glaube so heißt er. Mr. Richards?" sieht er mich fragend an.
Nickend reiche ich ihm seine Wasserflasche.
Total ratlos stehen wir neben ihm und starren ihn an.
Lächelnd schließt er seine Flasche und stellt sie beiseite.
„Haben sie sonst noch Fragen, Miss? Wenn nicht würde ich gerne weiter arbeiten, bevor es zu Heiß wird."
Immer noch verwirrt schüttle ich den Kopf.
„Ich hätte noch eine Frage," wirft Gwen ein,
„haben sie Mr. Richards persönlich kennengelernt?"
„Nein Miss. Wir haben telefoniert. Er wäre noch im Ausland und könne nicht persönlich erscheinen."
„Aha," sieht Gwen ihn streng an,
„und ich wette er hat per Vorkasse bezahlt."
„Ja, Miss," lächelt er erneut.
Wir lassen ihn weiter arbeiten und gehen wieder nach Hause.
Es vergehen weitere Wochen, ohne Hinweis..!
Wenn ich ehrlich bin, habe ich auch nicht weiter gesucht..!
Es kostet mich zu viel Kraft. Habe ich aufgegeben?
Nein! Ich habe Lucas wissen lassen, ich werde hier auf ihn warten! Hier in Texas, in meinem Haus mit weisem Zaun und meinem Hund. Darauf das er zurück kommt, und meine Liste vervollständigt. Wie jeden Tag gehe ich auch heute an Mabel's

Grab. Jeff´s Blumen blühen nicht mehr so schön wie zu Letzt. Ich räume die verwelkten beiseite und lege meinen Strauß zu den noch vorhandenen. Setze mich einen Moment und atme tief durch. Genau in diesem Moment ist es mir aufgefallen, habe ich vorher nie bemerkt. An ihrem Grabstein gelehnt, ein Foto. Ich nehme es in die Hand und betrachte es. Es zeigt Mabel und ihre Familie. Jeff, seine Frau, Baby Cayden, und zwei andere mit Kind, von denen ich denke es handle sich um Anna und ihre Eltern. Auf der Rückseite steht
Dear Mommy,
I Love You.
Never forget...
Sorgfältig stelle ich es zurück, lege einen Strauß Blumen darauf, damit der Wind es nicht weg wehen kann und begebe mich wieder nach Hause.
Ich habe wieder angefangen zu arbeiten, in dem kleinen Café, gleich die Straße hinunter. Es lenkt mich ab. Von Lucas, von Tom, von allem was mich die letzten Monate beschäftigte. Trotzdem muss ich oft daran denken. Ich habe mittlerweile mit Tom gesprochen, er kann mich nicht verstehen, will aber trotzdem für mich da sein wenn ich ihn brauche.
Gwen hat sich nach Texas versetzen lassen und muss nun einen *alten Lustmolch* wie sie ihn nennt, betreuen.
„Für dass, das er im Rollstuhl sitzt, kann er ziemlich schnell sein," beschwert sie sich immer bei mir.
Lucas´ Ring habe ich in die Kommode verbannt. Gleich neben Tom´s Medaillon und Amari´s Armbänder. Auch die Foto´s habe ich verbannt, alle bis auf das von Mabel und Lucas, es steht auf meinem Nachttisch, gleich neben meiner Liste.
Etwa eine Woche später sind auch die letzten Blumen verwelkt und ich räume sie weg. Jetzt sieht es wieder so Leer aus.
So traurig, mein Strauß so einsam. Das Foto ist immer noch da.

Ich nehme es mit nach Hause um es zu folieren, damit der Regen es nicht zerstört und bringe es wieder an seinen Platz. Stirnrunzelnd stehe ich vor dem Grab. Neben meinem Strauß befindet sich ein weiterer. Ich sehe mich um, niemand zu sehen. Ich war gerade 20 Minuten weg. Stelle das Foto wieder an seinen Platz und begebe mich zur Arbeit.
Zwei Tage später, bei meinem täglichen Spaziergang zum Friedhof, entdecke ich wieder einen fremden Strauß auf Mabel´s Grab. Die beiden anderen wurden entsorgt. Das folierte Foto hängt nun am Grabstein, darunter mit kleinen Kieselsteinen das Wort *DANKE* geschrieben.
Ich muss lächeln als ich es sehe. Nehme die Steine und schreibe *BITTE,* lege meine Blumen daneben und gehe wieder. Jeden zweiten Tag befindet sich ein weiterer Strauß auf ihrem Grab. Ich habe keine Ahnung wer ihn hinterlässt. Immer sind es weise Lilien und gelbe Nelken. Anna erzählte mir, das waren ihre Lieblingsblumen. Es musste also jemand sein der sie so gut kennt um dies zu wissen. Ich gehe in jeden Blumenladen in der Nähe des Friedhofes um mich zu erkundigen, wer weise Lilien und gelbe Nelken im Strauß binden lässt. Doch ohne Erfolg. Keiner hat einen Kunden oder Auftrag, der diese Blumen beinhaltet.
Ich beschließe dem mysteriösen Blumenbringer einen Brief zu schreiben.
Hallo, ich bin Rosie.
Ich kümmere mich um Mabel´s Grab. Daher ist es mir nicht entgangen, dass sie regelmäßig Blumen da lassen. Doch wer sind sie? Mr. Richards? Jeff? Meine Neugierde lässt mich nicht schlafen. Bitte zeigen sie sich doch mal. Ich wohne in ihrem alten Haus.
LG

Ich stecke den Brief in einen Umschlag, schreibe *JEFF* darauf und lege ihn mit meinen Blumen auf Mabel´s Grab.
Es hatte funktioniert. Am nächsten Tag war der Brief verschwunden und ein wunderschöner Strauß aus weisen Lilien stand an der Stelle, wo zuvor mein Brief lag.
Lächelnd begebe ich mich zur Arbeit.
„Also dir scheint echt langweilig zu sein,"
meint Gwen die mich in ihrer Pause auf einen Kaffee besucht.
Ich habe ihr von dem Brief erzählt, und meine Hoffnung ich könne doch einen neuen Hinweis erhalten.
„Ich habe dir damals schon gesagt das es eine blöde Idee ist,"
rührt sie in ihrem Kaffee,
„aber du hörst ja nicht auf mich."
Seufzend drehe ich das Radio auf..

Ich bin die Frau, die dich liebt
und das macht mich sehr stark,
singe ich lautstark mit.
Gwen verdreht die Augen. Ich nehme mir eine Spülbürste und benutze sie als Mikrofon, stelle mich vor sie,
auch wenn die Nacht dich besiegt -
ich wart' auf den Tag ...
Die anderen Gäste drehen sich zu uns um.
Wenn das Glück uns verlässt,
halt' ich die Scherben noch fest -
singe ich in mein Spülbürstenmikrofon, als Gwen aufsteht und sich neben mich stellt, mir die Bürste aus der Hand nimmt und wir gemeinsam den Refrain mit grölen..

*Ich bin die Frau, die dich liebt
und das macht mich sehr stark,
auch wenn die Nacht dich besiegt -
ich wart' auf den Tag
Wenn das Glück uns verlässt,
halt' ich die Scherben noch fest -
Ich glaub' an diiiiicchhh....*

Die Gäste applaudieren als mein Chef das Radio wieder leiser stellte und erst jetzt bemerke ich zu meinem entsetzen, ich bin ja auf der Arbeit...
Mit errötetem Kopf entschuldige ich mich und stelle mich hinter den Tresen.
Die nächsten Tage befinden sich keine weiteren Blumen als meine auf Mabel´s Grab.
„Bestimmt hast du ihn verscheucht,"
versucht Gwen mich aufzuziehen,
„oder es war nicht Jeff sondern Lucas.."
Entsetzt sehe ich sie an.
„Was?? Hast du wirklich noch nie daran gedacht?"
„Nein!!" rufe ich und werfe vor entsetzen meine Tasse um.
Hastig wische ich den Kaffee auf.
Im Augenwinkel erkenne ich Gwen´s schadenfrohes Grinsen.
„Na ja, jetzt weiß er wenigstens, dass du dich um das Grab kümmerst..!"
„Das ist nicht witzig, Gwen."
Mit einem breiten Grinsen im Gesicht begibt sie sich zur Arbeit.
Ich setze mich an den Tisch und schreibe einen erneuten Brief...

Hallo lieber Unbekannte,
ich hoffe ich habe dich nicht verschreckt.
Seit ein paar Tagen bringst du keine Lilien mehr..!
Solltest du Jeff sein, habe ich hier etwas für dich, solltest du nicht Jeff sein, lass es einfach liegen..
Komm doch mal Hallo sagen!!
LG Rosie

Ich lege ihm das Bild von Mabel und Lucas in den Umschlag und bringe meinen Strauß zum Grab.
Zwei Tage liegt mein Brief auf dem Friedhof.
Ich hatte schon die Hoffnung aufgegeben, als ich am dritten Tag wieder weise Lilien in der Vase stehen sah. Daneben ein Brief mit der Aufschrift
ROSIE...
Nervös nehme ich ihn und öffne den Umschlag.

Hallo Rosie,
nein du hast mich nicht verschreckt,
vielen Dank für das wundervolle Foto,
Cayden sieht so erwachsen aus. Bist du seine Freundin? Ich wollte euch besuchen kommen, doch fürchte ich mich nach all der Zeit meinem Sohn wieder in die Augen zu schauen. Ich hoffe es geht ihm gut. Wir vermissen ihn schrecklich.
LG Jeff

Er weiß es nicht, spuckt es in meinem Kopf, er weiß nicht das Lucas ihn seit Jahren sucht.
Doch wenn Jeff hier in Texas ist, wo ist dann Lucas?

Ich stehe vor einer Villa und läute an der Tür.
Gwen öffnet.
„Hallo Süße, ist etwas passiert?"
Sie führt mich in die Lobby und sieht mich fragend an.
Ich zeige ihr Jeff´s Brief und setze mich auf einen Sessel.
„Na? Bist du seine Freundin?" grinst sie mich an.
„Gwen, das ist nicht witzig, er weiß nicht dass Lucas ihn sucht."
„Dann solltest du es ihm sagen!"
„Meinst du das ernst?" frage ich skeptisch.
„Ja,"
setzt sie sich neben mich und schenkt mir Kaffee ein,
„du schreibst ihm sowieso wieder, egal was ich sage.
Also erzähl ihm einfach alles."
Doch anstatt ihm einen Brief zu schreiben, beschließe ich einfach solange auf dem Friedhof zu warten bis Jeff wieder kommt. Ich setze mich etwas abseits und beobachte Mabel´s Grab. Seufzend setzt sich Gwen neben mich und reicht mir ein Sandwich. Ich stöhne laut auf, als ich es sehe. Seit vier Stunden sitze ich schon hier und habe mal wieder nicht darüber nach gedacht, daher habe ich mir und Ohana nur Wasser eingepackt.
„Danke," beiße ich genüsslich ins Sandwich.
„Und? Schon was erreicht?"
„Nein!"
Gwen beugt sich zu Ohana und reicht ihr ein Würstchen.
„Es wird gleich dunkel, lass uns gehen..!"
„Eigentlich wollte ich..." zeige ich Gwen meinen Schlafsack.
„Oh, nein!! das wolltest du nicht..!" protestiert sie.
„Doch!"
„Rosie, hier kann alles mögliche Nachts passieren.."
„Ohana ist doch bei mir..!" versuche ich sie zu beruhigen.
Hastig steht sie auf und packt meine Sachen zusammen.

„Ich glaube jetzt bist du echt reif für die Klapse..."
„Ist mir egal Gwen, nimm alle meine Sachen mit, ich bleibe hier und warte..!"
Augen rollend setzt sie sich wieder neben mich.
„Ich merke schon, ich kann es dir nicht ausreden."
„Nein."
Schmollend sitze ich im Schneidersitz und starre auf das Grab.
„Glaubst du wirklich, Jeff kommt mitten in der Nacht?"
„Ich weiß es nicht, deshalb will ich ja bleiben."
„Ich mache dir einen anderen Vorschlag."
Gwen holt ein Schreiben aus ihrer Tasche.
„Wir lassen ihm das hier, und sehen wie er sich verhält."
„Was ist das?" frage ich und nehme es ihr aus der Hand.
„Dein Leben in den letzten 6 Monaten."
Fragend sehe ich sie an.
„Ich habe alles aufgeschrieben,"
meint Gwen und nimmt es wieder entgegen.
„Mit Foto´s!" sagt sie dabei.
„Und wenn es nicht klappt?"
„Wenn es nicht klappt, rufen wir Prue an und sagen ihr Jeff wäre in Texas.."
„Was soll das bringen?" verschränke ich meine Arme.
„Glaubst du sie könne es für sich behalten?"
Stirnrunzelnd sehe ich sie an.
„Oder sie erzählt es Lucas??"
„Ahh," dämmert es mir,
„ich verstehe worauf du hinaus willst."
Nickend steht sie auf und legt das Schreiben auf die Blumen.

Seit einer Woche haben wir nichts von Jeff gehört. Das Schreiben wurde bereits am nächsten Tag schon abgeholt.

Nervös kaue ich auf meinen Nägeln.
„Liegen Lilien auf dem Grab?" fragt mich Gwen.
„Nein," schüttle ich meinen Kopf.
„Na also, dann abwarten.."
Ich versuche mich auf der Arbeit abzulenken. Übernehme eine Extra-Schicht. Ich habe noch nie Nachmittags gearbeitet, es ist viel ruhiger als morgens, fast schon langweilig. Ich merke wie ich von einem Gast beobachtet werde, der nervös seine Kaffeetasse dreht. Ich nehme ein Törtchen aus der Vitrine und stelle es auf einen Teller, fülle noch einen Kaffee in eine Tasse und begebe mich zu diesem Gast.
„Hallo," stelle ich den Teller vor ihn,
„der geht auf's Haus."
Überrascht sieht er mich an,
„und der Kaffee auch," lächle ich.
Zaghaft lächelt er zurück und ich drehe mich zum gehen um.
„Danke Rosie!"
Abrupt bleibe ich stehen und drehe mich wieder zu ihm.
„Kennen wir uns?"
Er greift in seine Tasche und zieht etwas heraus, dass er über den Tisch zu mir schiebt.
Ich setze mich zu ihm und schaue mir an was er mir zeigen will.
Ein Foto meiner alten Highschoolclique..
Fragend sehe ich ihn an als er mir ein weiteres Foto überreicht, das Foto dass Dylan mir in Sydney schenkte..
„Du bist Jeff,"
sage ich erstaunt und erst jetzt fällt mir auf wie viel Ähnlichkeit er mit Lucas hat.
„Ja und ich hatte keine Ahnung."
Ungläubig sehe ich ihn an.
„Ich hatte keine Ahnung, dass er auf der Suche nach uns ist."

„Warum sind sie hier?" frage ich vorsichtig.
„Ich bin Müde Rosie," lehnt er sich im Stuhl zurück,
„Müde vom weg laufen, Müde vom verstecken."
Er trinkt seinen Kaffee.
„Ich bin hier weil ich wieder nach Hause möchte..!"
Ich greife nach seiner Hand,
„willkommen zu Hause, Jeff."

Kapitel 6
<u>Lucas finden</u> ✓

„AaaaHhh," streckt sich Gwen nach der langen Autofahrt.
„Ich freue mich wenn wir nach Hause fahren, aber nicht auf die lange Fahrt."
Ich stehe an meinem Auto und schaue durch das hintere Fenster.
„Bereit?"
Jeff sitzt auf dem Rücksitz und schaut auf Helen´s Haus.
Langsam öffnet er die Autotür und greift nach Melissa´s Hand.
Zögernd folgen sie mir zum Haus.
„Bereit?"
frage ich erneut, bevor ich auf die Klingel drücke.
Jeff und Melissa stehen etwas abseits und nicken mir zu.
„Mooomeeent,"
höre ich Helen nachdem ich die Klingel drückte.
Völlig mit Mehl bekleckert öffnet sie uns die Tür.
„Ohh Rosie, Gwen, wie schön euch zu sehen," umarmt sie uns,
„kommt doch rein, ich backe gerade Kekse."
„Äh ja, gerne," antworte ich,
„aber vorher haben wir noch eine Überraschung."
„So?" sieht sie uns fragend an.
Ich ziehe Jeff am Ärmel und er tritt in Helen´s Sichtfeld.
„Oh mein Gott, Carl..!" fällt sie ihm um den Hals.
„Dana.." wird auch sie umarmt.
Helen dreht sich zu mir um, sie hat Tränen in den Augen.
„Lucas?" flüstert sie mir zu.

Ich weiche ihrem Blick aus,
„nein ich habe ihn nicht gefunden Helen. Ich konnte mein Versprechen nicht halten."
Auch in mir steigen Tränen auf.
Helen nimmt mich in die Arme,
„du hast geschafft was Lucas seit Jahren versucht," flüstert sie dabei.
Sie nimmt meinen Kopf in ihre Hände,
„hörst du Rosie? Du hast seine Eltern gefunden..!"
Schluchzend nicke ich.
Wir folgen ihr in die Küche. Prue steht am Tresen, ihre Schürze genau so vermehlt wie die von Helen.
„Rosieee," rennt sie auf uns zu.
Nach ihrer Umarmung, sehe ich fast so aus wie die beiden.
„Oh nein!" hält Gwen sie auf,
„dieses Kleid ist neu."
„Schön euch zu sehen,"
klopft sie sich das Mehl von der Schürze.
„Prue, ich möchte dir jemand vorstellen,"
schiebt Helen, Jeff in ihre Richtung.
„Das sind Carl und Dana,"
sie atmet tief durch,
„ich meine Jeff und Melissa."
Prue´s Augen weiten sich.
„Lucas´s Eltern," hängt Helen dran.
„Du hast sie gefunden!!" rennt Prue mir in die Arme,
„Lucas, Lucas..." ruft sie und rennt in den Flur,
„Lucas.." hören wir sie weiter rufen,
„wo bist du Lucas."
Traurig sehe ich zu Helen. Sie tätschelt mir die Schultern,
„ich werde es ihr sagen,"
und läuft aus der Küche.

Schweigend sehen wir uns an.
„Bähh," spuckt Gwen einen Keks aus.
Ich sehe sie strafend an.
„Was?? die schmecken nach Pappe..!"
„Gwen!!"
Seufzend setzt sie sich an den Tisch und stützt ihren Kopf in die Hände.
Als Prue die Küche wieder betritt, sehe ich die Tränen in ihren Augen.
„Er hat sich seit Wochen nicht gemeldet,"
erklärt sie mir,
„ich dachte dies sei der Grund,"
und zeigt auf seine Eltern,
„weil er sie gefunden hat."
Ich nehme sie in den Arm,
„ich habe versprochen ihn nach Hause zu holen und das werde ich auch tun."
Nickend wischt sie sich die Tränen aus dem Gesicht.
„Gut," meint Helen,
„jemand Kaffee?"

Jahrelang sind Jeff und Melissa auf der Flucht gewesen, haben sich nie länger wie 2 Monate an einem Ort aufgehalten.
Las Vegas, San Francisco, Ohio, immer blieben sie unentdeckt.
Australien, Asien, Japan.. Fast auf der ganzen Welt haben sie sich schon aufgehalten. Zuletzt in Thailand.
„Wir haben erfahren, dass die Männer vor denen wir uns versteckten, mittlerweile entweder Tod oder im Gefängnis sind," erzählte uns Jeff.
„Wir wollten wieder nach Hause."
Jetzt leben sie erst mal bei mir und Gwen in dem alten Haus seiner Mom in Texas. Wir haben ihnen die Garage umgebaut.

Sie haben ein Wohnbereich, ein Schlafbereich und ein kleines Badezimmer. Die Küche teilen wir uns im Haus.
„Hier sind wir in der Wüste Nevada's," zeigt uns Melissa ihre Erinnerungsfoto's.
„Es war staubig, und Heiß," lacht sie dabei.
„Ich wollte lieber ans Meer, also beschlossen wir uns Länder mit einem Strand auszusuchen."
Ich setze mich neben sie und studiere ihre Foto's.
„Hier sind wir in Miami, danach waren wir in Malibu, dann in Los Angeles," zeigt sie uns traumhafte Sandstrände.
„Das Meer werde ich vermissen, die Wellen waren als Meterhoch. Ein Traum für die Surfer."
Ich horche auf. *Surfer??*
Stehe auf und hole ein Schreiben aus meiner Kommode.
„Wart ihr in Mexico?" frage ich.
„Ja, hier," zeigt sie mir ein Foto.
„Danach seit ihr nach Bali?"
„Ja."
Sie legt mir ein weiteres Foto vor.
„Tahiti?"
Wieder legt sie mir ein Foto vor.
„Worauf willst du hinaus?" fragt mich Gwen neugierig.
„Nach Tahiti war Sydney das Ziel?"
„Ja genau."
Gwen nimmt mir das Schreiben aus der Hand,
„was ist das?"
Sie ließt laut vor,
„Miami, Malibu, Los Angeles, Mexico, Bali, Tahiti, Sydney, Hawaii."
Fragend sieht sie mich an. Ich hole eine Mappe aus der Kommodenschublade. Lege den beiden die darin befindenden Flyer auf den Tisch.

„Miami, Malibu, Los Angeles, Mexico, Bali, Tahiti, Sydney, Hawaii," sage ich dabei.
Immer noch sehen sie mich fragend an.
„Das ist Lucas's Mappe. Ich habe sie von Kimo, Lucas hatte sie in der Hütte vergessen."
Aufgeregt sehe ich die beiden an.
„Versteht ihr denn nicht?"
„Nein!" sieht mich Gwen skeptisch an.
„Lucas war immer dort Surfen wo seine Eltern waren!" klopfe ich auf die Flyer.
„Ja süße, wir wissen doch er sucht seine Eltern."
„Oh, Schätzchen wir waren aber nie auf Hawaii, wir sind von Sydney direkt nach Thailand..!"
„Ja aber der Surfclub hat einen Sitz in Hawaii," sage ich.
„Und wie soll uns das helfen ihn zu finden?"
„In Sydney habe ich erfahren, Lucas ist gegangen weil er unglücklich war. Also ist er nach Hawaii, auch wenn seine Eltern nicht dort waren."
Immer noch starren sie mich ungläubig an.
Ich atme schwer,
„er ist in Hawaii schnell abgereist weil er erfahren hat seine Eltern sind in Thailand!!"
„Du denkst Lucas ist immer noch in Thailand?"
Endlich Gwen scheint es verstanden zu haben.
„Ja, denn seine Eltern sind hier, und da sie seit 6 Wochen hier sind und er nicht, weiß er nicht dass sie hier sind."
„Ok, das macht Sinn."
„Jaaaa," stöhne ich auf.
„Und wo genau soll er sein? Wenn er mittlerweile weiß seine Eltern sind schon wieder weg?!"
Ich hole meinen Laptop und fange an zu tippen.
„Ah, hier," rufe ich,

„ein Surfcontest. Nächstes Wochenende in Khao Lak," strahle ich die beiden an.
„Also, Lust nochmal nach Thailand zu reisen?" sieht Gwen, Melissa an.
Zwei Tage später sitzen wir alle im Flieger nach Thailand.
„Ahhh, bin ich aufgeregt," klatscht Prue in die Hände.
Wir konnten sie nicht davon abhalten mitzukommen, es kostete mich sehr viel Nerven, Helen zu überreden dass Prue mit fliegen darf. Doch am Ende gab sie die Erlaubnis und ich musste ihr versprechen sie Gesund wieder nach Hause zu bringen, beide, Prue und Lucas!!
Nach etwa 18 Stunden Flug landen wir Thailand.
Total erschöpft warte ich auf das Gepäck und Ohana.
Nach einer Heißen Dusche und einem ausgiebigen Abendessen fallen wir alle todmüde ins Bett.
„Rosie, Rosiee, Roosieee," flüstert mir wer ins Ohr.
Ich hebe meinen Kopf und sehe in Prue´s lachendes Gesicht.
Sehe auf die Uhr, 6.45 Uhr.
„Oh, Prue. Es ist noch mitten in der Nacht."
„Sie ist schon seit 5.00 Uhr wach," kommt Gwen aus dem Badezimmer.
„Jetlag," schmeißt sich Prue neben mich und kuschelt mit Ohana.
„Gehen wir jetzt zu ihm?"
„Prue, wir müssen ihn erst hier finden," krabble ich aus dem Bett.
„Ich dachte du weißt wo er ist?"
„Ja, am Wochenende."
„Soll das heißen wir warten jetzt vier Tage?"
Sie sieht mich an, als hätte ich einem kleinen Kind gesagt der Weihnachtsmann sei nicht real.
Seufzend begebe ich mich ins Badezimmer.

Nach dem Frühstück erkundigen wir uns bei der Reiseleitung nach dem Surfcontest.
„Wollen sie Teilnehmen?"
„Na ja, wir sind auf jedenfall deshalb hier,"
kichert Prue.
Sie gab uns die Adresse für die Anmeldung und wir machen uns auf den Weg.
Jeff und Melissa besuchen derweil alte Freunde, die sie zurück lassen mussten.
Am Conteststrand beginnen die Vorbereitungen, das Siegerpodest strahlt vor einer traumhaften Kulisse.
Verschiedene Pavillons stehen in Reih und Glied.
Tische werden darunter aufgestellt.
In einer kleinen Strandbar scheinen letzte Anmeldungen durchgeführt zu werden. Eine junge Frau verteilt Nummern.
„Hallo," begrüße ich sie.
„Hallo, wollt ihr euch anmelden?"
„Nein, meinem Freund ist ein Missgeschick passiert,"
flunkere ich,
„eigentlich eher mir," lehne ich mich zu ihr.
„Was denn?"
„Ich habe seine Anmeldenummer verloren."
„Aber das ist doch kein Problem," sagt das Mädchen,
„wie heißt er denn?"
„Cayden Richards!"
„Hmm, mal sehen..!"
Ich sehe nervös zu Prue und Gwen die mich angrinsen.
„Ah hier, C. Richards, 2215."
Sie überreicht uns eine neue Nummer und ich bedanke mich.
Schnell laufe ich Richtung Promenade.
„Was sollte das denn?" sieht mich Prue verwundert an.
„1. wissen wir jetzt, er ist noch hier, 2. er nimmt am Contest

teil und 3. er hat die Nummer 2215,"
halte ich ihr die Nummer unter die Nase.
Nervös nimmt sie die Nummer,
„2215," flüstert sie dabei,
„was machen wir jetzt?"
„Entspannen!" sage ich glücklich.
„Entspannen?" sieht mich Prue entsetzt an.
„Ja, entspannen. Bis zum Contest."
Leichter gesagt als getan. Prue kann ganz schön nervig sein.
Jeden Tag will sie wieder an den Conteststrand um nach Lucas Ausschau zu halten.
„Er wird nicht dort sein Prue?" versuche ich sie zu beruhigen.
„Woher willst du das denn wissen?"
„Denkst du wirklich er sitzt am Strand und beobachtet wie alles aufgebaut wird?"
„Nein, sicher nicht..!"
„Er wird irgendwo trainieren..!" grinst Gwen uns an.
Böse werfe ich ihr einen ernsten Blick zu.
„Dann gehen wir da hin..!" freut sich Prue.
„Nein!! wir warten bis zum Contest," schreie ich sie an.
Stehe auf und renne in das Hotel. Gwen folgt mir.
Mit völliger Atemnot sitze ich in der Lobby und stecke meinen Kopf zwischen die Beine.
„Was ist los, Rosie?"
setzt sich Gwen neben mich und versucht mich zu beruhigen.
„Ich kann das nicht!!"
„Was kannst du nicht?"
„Zu ihn gehen..! Ich schaffe das nicht."
Ich keuche mittlerweile vor Atemnot und die anderen Hotelgäste starren mich an.
„Hmmm, war das nicht unser Ziel in all den Monaten?"
Ich sehe zu Gwen, nickend, immer noch keuchend.

„Und warum hast du dann jetzt eine Panikattacke?"
Ich atme tief ein, es fällt mir schwer, habe das Gefühl ich ersticke.
„Keine Ahnung," flüstere ich dabei.
„Hier," hält mir Prue eine Papiertüte entgegen,
„atme da hinein."
Ich bemerke wie mich einige Gäste beobachten. Alles dreht sich. Ich atme in die Tüte.
„Guten Tag, ich bin der Hotelarzt."
Ich sehe auf und ein junger Thailänder beugt sich zu mir.
„Haben sie Atemnot auf Grund von Asthma oder wurden sie von irgendetwas gestochen?"
Dabei untersucht er auch schon meinen Puls.
Ich schüttle meinen Kopf.
„Sind sie irgendwo hinein getreten?" fragt er weiter.
„Nein," keuche ich.
„Sie hat nur eine Panikattacke,"
macht sich Gwen über mich lustig.
Der Arzt lächelt mich an,
„dann ist die Tüte genau das Richtige..!"
Ich nicke und atme weiter in meine Tüte.
Prue bedankt sich bei ihm und er geht wieder in sein Sprechzimmer.
Ich lasse mich nach hinten fallen und verstecke mein Gesicht unter meinem Handtuch.
„Geht es wieder?" setzt sich Prue neben mich.
Ich nicke...
„Tut mir leid, ich wusste nicht dass du Angst davor hast!" greift sie nach meiner Hand.
„Ja aber wovor genau hast du Angst,"
setzt sich Gwen auf die andere Seite und greift nach meiner zweiten Hand.

„Ihn zu sehen!! Ihm in die Augen zu schauen," flüstere ich.
Ich merke wie meine Hände dabei feucht werden.
„Ich habe Lucas schon geliebt als ich noch nicht wusste wie man liebt, als ich noch nicht wusste was Liebe ist."
Prue beugt sich zu mir,
„und warum macht dir das so viel Angst??"
„Weil ich das Gefühl habe ich falle.. in ein Loch ohne Boden. Und ich nicht weiß, ob Lucas unten steht und mich auffangen wird."
„Ich bin mir sicher dass wird er," flüstert sie mir ins Ohr.
Sie lächelt mich dabei an und drückt meine Hand.
Ich ziehe beide zu mir und drücke sie fest an mich.
„Ich habe etwas für dich mitgenommen,"
löst sich Prue aus der Umarmung,
„aber nicht schimpfen."
Fragend sehe ich sie an.
Sie langt in ihre Tasche und streckt mir Lucas´ Ring entgegen.
Mein Blick wird ernst.
„Ich sagte doch nicht schimpfen..!"
Seufzend nehme ich ihn und stecke ihn an den Finger.
„Wir sollten nochmal zum Strand gehen!"

Mit einem leichten Strandkleid, einem überdurchschnittlich großen Hut und einer Sonnenbrille die mein ganzes Gesicht bedeckt, begeben wir uns zum Strand. Das Outfit von Gwen und Prue ähnelt dem meinen.
„Wieso sollen wir uns so anziehen?"
protestierten die beiden, als ich ihnen die Hüte gab.
„Damit er uns nicht gleich bemerkt."
„Ach und du meinst die Hüte wird er übersehen,"
zieht Gwen ihren auf und zieht dabei eine Grimasse.
Ich verdrehe die Augen und binde Ohana ein Strandtuch um,

um sie etwas vor der Sonne zu schützen.
„Sie kommt aus Hawaii, sie ist die Sonne gewöhnt..“
erlöst Gwen, Ohana vom Tuch.
„Wie du meinst..!“ nehme ich sie an die Leine.
Wir verstecken uns hinter einer Palme und beobachten die Surfer. Von Lucas keine Spur.
„Ich sagte doch er ist nicht hier!“
„Großartig!!!“ zieht Gwen ihren Hut aus.
„Was??“ sehe ich sie fragend an.
Sie zeigt auf eine Gruppe Jungs die uns beobachten und dabei Lachen.
„Die lachen uns aus!!“
Peinlich berührt zieht nun auch Prue ihren Hut aus und lächelt zu den Jungs.
„Mir doch egal!“
sage ich und nehme Ohana auf den Arm.
Beleidigt stampfe ich zur Saftbar. Prue trottet mir hinterher.
Gerade als ich mir einen Orangensaft bestelle, rennt Gwen auf uns zu.
„Rosieee, wie hieß Lucas´ Surfclub nochmal?“
„Surfclub Surfside, warum?“
Nervös zeigt sie auf die Promenade, wo gerade ein Kleinbus parkte. Mit großen leuchtenden Buchstaben steht
Surfclub Surfside
auf der Seite. Die Tür öffnet sich und mehrere Jungs steigen aus. Wie erstarrt stehe ich da und beobachte. Sie begrüßen die Jungs die zuvor über uns lachten. Ich verstecke mich hinter einem Zelt und beobachte weiter. Aus der Entfernung ist schwer zu erkennen ob Lucas dabei ist. Zumal sie alle fast gleich aussehen. Sie tragen einen Neoprenanzug der ihnen an der Hüfte hängt. Und um den Kopf ein Tuch gewickelt. Dazu eine Sonnenbrille.

Am Saft schlürfend steht Prue neben mir und kneift die Augen zusammen.
„Ich kann gar nichts erkennen."
Keine Angst ich auch nicht denke ich und wage mich etwas nach vorne. Werfe dabei einen Pavillon um. Es macht einen höllischen Krach und alle drehen sich nach uns um.
Die Jungs lachen wieder. Kopfschüttelnd bauen sie ein Zelt auf. Peinlich berührt sehe ich in ihre Richtung.
Erkenne wie einer der Jungs am Auto gelehnt eine Zigarette raucht und uns beobachtet.
Es ist als würde er mir direkt in die Augen schauen.
Um seinen Hals trägt er eine Kette.
„Können wir bitte gehen?!"
wende ich mich an Prue und Gwen.

Wir sitzen beim Abendessen und warten auf Jeff und Melissa.
Verträumt rühre ich in meiner Suppe.
„Meinst du er war dabei,"
werde von Prue aus meinen Gedanken gerissen.
Schweigend sehe ich sie an.
„Rosie? Alles ok?" fragt sie mich.
„Was hast du eigentlich mit meinem Geschenk gemacht?"
frage ich sie mit betonter Stimme.
„Was für ein Geschenk?"
„Die Kette.. Die ich an seinem Geburtstag vorbei gebracht habe."
„Oh, das Geschenk!!"
Nervös isst sie ihren Salat.
„Prue!! ich meine es ernst! Was hast du damit gemacht?"
„Ich habe es,"
seufzend sieht sie mich an,
„zur Post gebracht."

Gwen hört auf zu Essen und sieht sie fragend an.
„Und welche Adresse hast du drauf geschrieben?"
„Sydney-Australien."
Skeptisch runzle ich die Stirn.
„Du hast mir doch von diesem Dylan erzählt?"
„Ja, und?"
„Ich habe ihm das Paket geschickt."
Mein Blick fixiert sie.
„Na er hat doch seine Nummer, also dachte ich er könne ihn anrufen und fragen wo er seine Post hinschicken soll."
Seufzend esse ich einen Löffel Suppe.
„Warum fragst du mich das?"
„Er hat die Kette bekommen!!"
schlürfe ich weiter meine Suppe.
„Woher willst du das wissen?"
Ich sehe Prue tief in die Augen,
„er trägt sie um den Hals."

Heute ist es soweit. Heute findet der Contest statt. Nervös sitze ich auf dem Bett und kuschle Ohana.
„Können wir dann Los?"
fragt Gwen und schnallt sich ihre Tasche um.
„Moment," meint Prue,
„Kamera, hab ich. Mom´s Geschenk für ihn, hab ich,"
packt sie ihren Rucksack,
„eine Papiertüte für Rosie, hab ich..!"
„Sehr witzig.." beschwere ich mich.
Es ist heiß, und voll am Strand. Der Bereich den die Jungs als Zeltplatz benutzen, ist mittlerweile mit einer Plane blickdicht umzäunt.
Jeff und Melissa nehmen etwas Abseits platz und beobachten aus der Ferne.

„Wenn du soweit bist Rosie, wir warten hier.."
signalisiert uns Jeff.
Ich schleiche um die Plane und versuche irgendwo hinein zu linsen. Halte mein Ohr daran und lausche.
„Hörst du was?" flüstert Prue hinter mir.
„Ich glaube sie beten!" flüstere ich zurück.
„Ist Lucas auch da drin?"
Ich zucke mit den Schultern und versuche weiter zu lauschen. Auch Prue hält nun ihr Ohr an die Plane.
„Ich glaube ich höre ihn.."
„Kann ich euch helfen??"
Erschrocken drehen wir uns um. Ein großer Typ steht Arme verschränkt vor uns.
Schnell ziehe ich meine Sonnenbrille auf,
„nein Sorry danke, äh wir gehen.."
ziehe ich Prue mit.
Gwen die etwas Abseits stand, folgt uns kichernd. Wir setzen uns an den Strand und beobachten den Platz. Der Typ der uns erwischte hält nun vor dem Eingang Wache.
„Ich weiß er ist da drin!" zeigt Prue auf den Zeltplatz.
„Ja sicherlich, aber wie sollen wir da reinkommen," bestätige ich ihr.
„Einfach nach ihm fragen!" sieht sie mich bestimmend an.
Ich nicke,
„ja das wäre am einfachsten!"
Wir stehen auf und wollen gerade los laufen.
„Stopp," brüllt Gwen.
Wir sehen sie fragend an.
„Ihr wollt doch nicht im ernst jetzt zu ihm?"
„Doch," sagen wir synchron.
Sie steht ebenfalls auf und stellt sich uns in den Weg.
„Überlegt doch mal, denkt ihr wirklich er könne dann noch

Surfen? Hier geht es um eine Meisterschaft!!"
zeigt sie Richtung Tisch der Pokale.
„Lasst ihn wenigstens erst am Wettkampf teilnehmen.
Danach gehen wir zu ihm."
Gwen hatte recht, er wäre danach viel zu abgelenkt um teilzunehmen, wir warten.
Nach und nach werden die Jungs aus ihrem Versteck gerufen.
„Die Nummer 1023, Jonny Conner."
Jonny tritt aus der Ecke, zieht sich sein Neoprenanzug über die Schultern, schnappt sein Brett und rennt in die Wellen.
„WoW," ruft Prue.
Begeistert klatscht sie dabei in die Hände.
„Die Nummer 1055, Rick Kunz,"
ist der nächste dran.
„Ich muss mal auf Toilette," flüstere ich zu Gwen.
„Ich auch," flüstert sie zurück.
„Geht ruhig, ich warte hier.." klatscht Prue auch für Rick.
„Mann das war knapp,"
lache ich Gwen entgegen die bereits wieder draußen wartet.
„SCHhhhhtt," drückt sie mich gegen die Wand,
„da ist Lucas," zeigt sie in seine Richtung.
Vorsichtig linse ich um die Ecke. Tatsächlich, er steht mitten im Weg und unterhält sich mit einem Mädchen. Immer noch trägt er ein Tuch um den Kopf gewickelt, die Sonnenbrille darauf gesetzt und den Neoprenanzug nur bis zu Hüfte. Meine Kette um das Handgelenk gewickelt. Die Nummer 2215 klebt an seinem Schenkel. Wie hypnotisiert starre ich ihn an.
„Welche Nummer hast du?"
höre ich das Mädchen fragen.
Lucas zeigt ihr seinen Schenkel. Gwen verdreht die Augen.
„Als hätte sie die Nummer nicht gesehen."
„Oh, 2215.. dann bist du C. Richards?"

„Cayden, Ja!" runzelt Lucas seine Stirn.
„Ich hoffe du warst nicht all zu Sauer auf deine Freundin?"
Mit hochgezogener Braue sieht er sie an.
Oh Oh, denke ich und greife nach Gwen´s Hand.
„Ich habe ihr gesagt es ist überhaupt kein Problem wenn man die Nummer verlegt. Wir haben immer eine Kopie," lächelt das Mädchen Lucas an.
„Meine Freundin, Ja?" lächelt er zurück.
„Oh, war sie etwa nicht deine Freundin?"
„Äh, nein."
„Entschuldige, sie sagte sie sei deine Freundin und hätte die Nummer verlegt."
Ich drücke Gwen´s Hand.
„Wie sah sie denn aus?" fragt er schließlich.
„Sie hatte dunkle Haare und eine ziemlich große Sonnenbrille auf."
Er lächelt.
„Ah und einen Hund hatte sie dabei, kennst du sie?"
„Ich habe sie schon mal hier gesehen!!"
„Vielleicht will sie dich kennenlernen, du solltest nach ihr Ausschau halten."
Lucas lächelt sie nur an und das Mädchen läuft weiter.
Auch Lucas läuft weiter und der Weg ist wieder frei.
„Ihr wart aber jetzt lange weg," beschwert sich Prue.
„Entschuldige, aber wir mussten uns vor Lucas verstecken," setze ich mich und Prue sieht mich mit großen Augen an.
Und da wird er auch schon aufgerufen.
„Als nächstes ein Teilnehmer des Surfclub Surfside, Cayden Richards mit der Nummer 2215."
Er paddelt hinaus auf´s Meer und setzt sich auf das Brett.
Ich beobachte ihn durch das Fernglas, er küsst die Kette bevor die Welle kommt und er sich aufstellt. Ich verkrampfe mich als

sie ihn vom Brett wirft, doch Lucas stellt sich erneut auf das Brett und *reitet* zum Strand. Die Jungs gratulieren ihm als er aus dem Wasser kommt.
„Das war der Wahnsinn," strahlt Prue uns an,
„gehen wir jetzt zu ihm?"
Wie in Trance beobachte ich ihn wie er seinen Anzug auszieht, sein Tuch wieder um den Kopf bindet und die Kette um den Hals.
Keuchend atme ich ein.
„Brauchst du die Tüte?" hält Prue sie mir unter die Nase.
Nach dem letzten Teilnehmer nimmt sich die Jury 2 Stunden Pause um ihre Punkte auszuwerten.
Die Surfer stehen oder sitzen alle unter einem Pavillon versammelt.
„Los wir gehen rüber," raufe ich mich zusammen.
Ich schicke Jeff eine SMS dass wir jetzt zu ihm gehen und atme tief ein.
Kurz vor dem Pavillon bleibe ich jedoch stehen und bitte Prue um die Tüte. Setze mich und atme hinein. Ohana fängt an wie wild zu bellen und ist kaum zu halten.
„Ohana laß das," versucht Gwen sie zu beruhigen,
„was hast du denn nur auf einmal?"
Sie reist sich los,
„Ohana, nein bleib.." rufen wir hinterher.
Doch sie rennt bereits zu den Jungs. Freudig bleibt sie bei Lucas stehen und versucht auf seinen Schoß zu krabbeln.
Er sieht sie überrascht an,
„Ohana?? was machst du denn in Thailand?"
Hebt seinen Kopf und sieht sich um.
Ich atme in meine Tüte..
Ohana rennt wieder in unsere Richtung, Lucas´ Blick folgt ihr.
Prue hüpft quietschend auf und ab. Er hat uns gesehen.

Ich atme in meine Tüte...
Wild winkend, weiter hüpfend, quietscht Prue neben mir.
Lucas steht auf. Ohana rennt wieder zu ihm.
Ich atme in meine Tüte...
Auch Prue rennt nun in seine Richtung, fällt ihm in die Arme, er drückt sie fest und vergräbt sein Gesicht in ihren Hals.
Sie löst die Umarmung und greift nach seiner Hand.
Zieht ihn in unsere Richtung.
Ich atme in meine Tüte..
Stehe auf und schaue ihm direkt in die Augen.
Wieder werde ich von seinen Augen in ihren Bann gezogen.
Ohne eine Miene zu verziehen, steht er vor mir. Prue schuckt ihn ein Stück näher an mich heran.
Die Jungs stehen unter dem Pavillon und beobachten uns.
Auch Gwen schuckt mich in seine Richtung.
Ich atme in meine Tüte...
Lucas nimmt sie mir aus der Hand.
„Hallo Rosie!"
Ich starre ihn nur an.
„Sag Hallo, Rosie.." ermahnt mich Gwen.
Ich nehme ihm die Tüte wieder aus der Hand und atme hinein.
Er lächelt.
„Na los," ruft einer der Jungs,
„jetzt küss sie schon!"
Lucas sieht mich an,
„das würde ich ja gerne," sagt er dabei,
„aber ich habe Angst dass sie dann in Ohnmacht fällt."
„Das könnte möglich sein," stimmt Gwen zu.
Strafend sehe ich sie an.
„Du fällst in ein Loch ohne Boden, aber der Boden hat sich gerade gebildet, und Lucas steht unten und fängt dich auf," flüstert Prue und schuckt mich näher, nimmt dabei meine Tüte

aus der Hand.
Lucas tritt einen Schritt näher an mich heran und legt seine Lippen auf meine, ich spüre seine Zunge in meinem Mund. Mir wird heiß und kalt zugleich, ich höre die Jungs jubeln, er muss lachen und tritt ein Schritt zurück.
„Wie hast du mich gefunden, Rosie?"
„Ich hatte Hilfe..!"
Er sieht Prue und Gwen an, sie schütteln ihren Kopf.
„Ich habe sie gefunden," flüstere ich und nehme seine Hand.
Fragend sieht er mich an.
„Besser gesagt, sie haben mich gefunden."
Immer noch sieht er mich fragend an.
„Komm mit."
Wir laufen an den Saftständen vorbei, drängeln uns durch die Meute an den Toiletten, vorbei am Siegerpodest. Laufen die Stufen hinauf.
„Warte hier,"
lächle ich ihn an und gebe ihm einen schnellen Kuss.
Als Jeff und Melissa uns bemerken stehen sie schnell auf.
„Ist er da?" fragt mich Melissa.
Ich nicke und gehe wieder Richtung Lucas.
„Rosie, ich verstehe nicht," sieht er mich verwundert an.
„Du wirst gleich verstehen."
Ich nehme seine Hand und will ihn mit ziehen, doch er hält mich auf.
„Nein Rosie."
„Lucas ich habe sie mitgebracht,"
sehe ich ihn mit großen Augen an,
„deine Eltern!"
„Meine Was?"
„Deine Eltern," wiederhole ich.
Jetzt sieht Lucas aus als könne er eine Tüte gebrauchen.

„Sie warten dort hinten."
Ich greife erneut nach seiner Hand, sie ist ganz feucht und zittert. Langsam folgt er mir.
Nervös steht er vor ihnen. Melissa bricht in Tränen aus.
„Cayden," fällt sie ihm um den Hals.
Auch Jeff umarmt ihn. Lucas weint.
„Hallo hallo hallo," hören wir durch die Lautsprecher, „Cayden, Cayden Richards?"
Lucas horcht auf.
„Cayden ich weiß du hast jetzt keine Lust auf die Siegerehrung, willst lieber bei der kleinen, bleiben."
Fragend sehe ich zu ihm. Er lacht und wischt sich die Tränen aus dem Gesicht.
„Ihr müsst wissen, sie hat ihn endlich gefunden. Cayden? Ich erzähle den Leuten alles, wenn du nicht kommst."
Kopfschüttelnd sieht er mich an. Muss dabei lachen.
„Also er kennt sie aus der Schule, war aber zu feige ihr zu sagen..."
„Er meint das ernst?!" sehe ich ihn an.
„...das er sie liebt,"
ertönt es weiter aus dem Lautsprecher,
„ach soll ich euch lieber sagen was er uns über sie erzählt hat?"
Mit roten Kopf sieht Lucas mich an,
„ich sollte lieber gehen."
„Sie hat ein lächeln bei dem die Sonne verblasst,"
hören wir weiter und Lucas rennt los.
„Wenn sie in seiner Nähe war, fühlte er sich wie im Himmel.."
Jetzt werde auch ich Rot und wir laufen alle wieder zurück.
„...als wäre er, oh hey das wurde auch Zeit. Lady´s und Gentleman, Cayden Richards.."
Die Leute applaudieren und ich sehe wie er das Mikro an sich nimmt, steckt es zurück in die Halterung.

„Ne, ne, ne.." ist leise zu hören.
Der Junge nimmt es wieder an sich. Lucas versucht ihn zu hindern und sie fuchteln mit den Händen.
Ich stehe fast vor der Bühne. Lucas gibt auf und fährt sich nervös durch die Haare.
„Also wo war ich stehen geblieben?"
ertönt es wieder in den Lautsprecher.
„Im Himmel.."
ruft Gwen nach oben, ich boxe ihr in die Schulter.
„Hey Rosie," spricht er weiter ins Mikro,
„ich bin übrigens Bryan."
Er wendet sich an sein Publikum,
„Ich habe Cayden in Sydney kennengelernt. Und er hat ununterbrochen von dieser Rosie geredet."
Kopfschüttelnd steht Lucas neben ihm.
„Doch Doch," nickt Bryan,
„von den Briefen die er ihr geschrieben hat, ihr tolles lächeln, und.."
fängt er an zu Lachen,
„.. ganz schlimm wurde es als er seine Oma anrufen wollte und Rosie am Telefon war."
Bryan lacht ins Mikro,
„oh Rosie, du hättest ihn sehen sollen."
Lucas spricht mit Bryan, doch es ist schlecht zu verstehen.
„Was du mir getan hast?"
antwortet Bryan, immer noch ins Mikro.
Wieder lacht er,
„genervt hast du mich damit. Irgendwann hat er mir dann versprochen er erwähnt sie nicht mehr, bis..."
Bryan hält seinen Finger nach Oben und sieht Lucas an.
„seine rattenscharfe Schwester ihm dieses Paket geschickt hat."
Ich sehe zu Prue, sie wird verlegen.

„Hey sie ist erst 17," schubst ihn Lucas.
„Mit einem Foto von ihr und na? Erratet ihr es?"
fährt Bryan unbeeindruckt fort.
„Rosieeee," rufen die Zuschauer.
„Ja genau!! und dieser Kette!"
zeigt er auf die Kette um Lucas´ Hals.
Schüttelt seinen Kopf,
„und täglich grüßt das Murmeltier..!" nuschelt er,
„wartet es geht noch weiter,"
lacht Bryan wieder,
„Kaum sind wir hier am Strand angekommen, behauptet er, er hätte sie gesehen."
Wieder sagt Lucas etwas und Bryan dreht sich zu ihm um.
Lucas entreißt ihm das Mikro
„Schluss jetzt.." sagt er dabei,
„Rosie? Kannst du bitte hoch kommen?"
Er wartet kurz,
„Rosie bitte.. er glaubt mir nicht dass ich dich gesehen habe als wir angekommen sind."
Seufzend laufe ich die Bühne hinauf.
Alle applaudieren.
„Hallo Rosie, begrüßt mich Bryan.
„Hallo," gebe ich ihm die Hand.
Die Leute jubeln, Bryan erreicht wieder die Herrschaft über das Mikro.
„Also du hattest Recht, Cayden.. sie ist wirklich schön wie ein Engel."
Lucas steht Kopfschüttelnd auf der Bühne und hält meine Hand.
Die Preisrichter betreten die Bühne,
„Gott sei Dank," höre ich Lucas nuscheln und zieht mich die Stufen hinunter.

Lachend folgt uns Bryan.
Ich ziehe Lucas zu Gwen und den anderen.
Jetzt kann auch sie ihn endlich begrüßen.
„Hallo Lucas," drückt sie ihn ganz fest,
„Hallo Bryan..!" richtet sie sich an Bryan.
„Oh, hallo, hallo.. Cayden du hast nicht nur eine Scharfe Schwester, sondern auch noch Scharfe Freundinnen,"
küsst er Gwen´s Hand,
„verstehe gar nicht dass du dich so lange vor ihnen verstecken wolltest?!"
Er dreht sich zu Prue um,
„und du bist die Schwester,"
nimmt er ihre Hand und wird von Lucas aufgehalten.
„Siebzehn, Bryan. Sie ist siebzehn !!"
„Ja ich weiß. Das betonst du jedes Mal wenn ich.."
„Halt deine Klappe, Bryan!" unterbricht ihn Lucas.
„Schon gut,"
dreht Bryan sich um und zwinkert beim gehen Prue zu.
„Er ist schon irgendwie Süß," lächelt Prue ihm nach.
„Prue, er ist Neunundzwanzig, und du bist erst.."
ermahnt Lucas sie,
„... erst Siebzehn, ich weiß,"
beendet Prue seinen Satz und verdreht die Augen.
„Aber ich nicht," zwinkert Gwen,
„ich bin siebenundzwanzig,"
und folgt Bryan unter den Pavillon.
Lucas hat heute keine Medaille gewonnen, die abgezogenen Punkte beim Sturz vom Brett, haben ihn den Sieg gekostet.
„Gewonnen hat er so oder so,"
klopft Bryan mir auf die Schultern.
Lucas Nimmt mich in den Arm und drückt mich so fest er kann,

„Danke dass du nicht auf mich gehört hast..! Ich wusste du wirst mich finden..! Ich liebe dich Rosie.."
flüstert er dabei.

Ein Jahr ist mittlerweile vergangen seit ich Lucas aus Thailand Heim geholt habe. Wir wohnen zusammen in Texas, in dem Haus von seiner Oma.
Jeff und Melissa wohnen neben an, es war Karma.
Denn als wir aus Thailand zurück kamen stand das Nachbarhaus zum Verkauf.
Gwen hatte es sich zur Aufgabe gemacht, Bryan so lange zu nerven, bis er weich genug wurde, und sich entschloss, ebenfalls in Texas sesshaft zu werden. Sie heiraten nächsten Monat. Wohnen im Garagenanbau in dem zuvor Jeff und Melissa wohnten.
Prue hat mittlerweile ihren Abschluss gemacht,
ihr bevorzugtes College ist die Texas Southern University.
Um ganz Nah bei Lucas zu sein.
Lucas nennt sich immer noch Cayden..
Cayden Lucas Richards..
Doch für mich wird er immer nur Lucas sein.
Er und Ohana sind ein Herz und eine Seele.
Meine To-Do Liste hängt eingerahmt neben dem Esszimmertisch, gleich nach dem Bild von Mabel und Lucas, unter dem Bild dass Dylan mir schenkte..
Alle Punkte sind abgehakt.. Ja alle!!
Denn vor etwa Vier Stunden habe ich unsere Zwillinge auf die Welt gebracht.
Aidan Curtis und Summer Grace Richards...
Helen kommt jeden Sonntag.
Jeden Sonntag zum BBQ mit unseren Nachbarn,
Jeff und Melissa..!
    Mein Name ist Rosie Jensen-Richards,
ich bin Neunundzwanzig Jahre und habe endlich meinen
        Seelenpartner gefunden...!!
        Meine Zweite Hälfte...

Es gibt eine Liebe, die über jede Liebe
erhaben ist, die Leben überdauert.

Zwei Seelen aus einer entstanden.
Vereinigt wie zwei Flammen.

Identisch, und doch getrennt.
Manchmal zusammen, durch Gefühl
und Verlangen verschweißt.

Manchmal getrennt, um zu lernen und zu
wachsen. Aber einander immer wieder findend.

In anderen Zeiten, anderen Orten.
Wieder und wieder.

Weitere Bücher der Autorin

Hallo Alex

Kalea und Keahi

Mr. Kaugummi

SandkastenFreunde